校内三大美女のヒモしてます
暁貴々
イラスト おりょう
JN019029

「わたしもキミに少し興味が湧いてきた」

醍醐桜子

桜色のボブカットに眼鏡で、深窓の令嬢のような雰囲気の文学少女。千景と司以外の生徒とはほとんど話さないが、京には意味深な態度を取る。その正体は売れっ子女子高生ラノベ作家で、サークルではシナリオを担当。

「アタシ的には超助かったっていうか、ま、そのお礼をいいに来たカンジ」

小野司

金髪にピアスが映える、自由奔放なギャル系美少女。経験豊富そうな言動に反して、初心な一面も。大人気の神絵師という顔も持ち、サークルでもジャケット作成やキャラデザインなどイラストを担当している。

「私も京坂とお友達になりたいんだけど、いいかな？」

烏丸千景

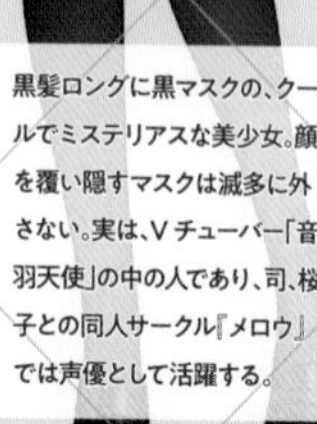

黒髪ロングに黒マスクの、クールでミステリアスな美少女。顔を覆い隠すマスクは滅多に外さない。実は、Vチューバー「音羽天使」の中の人であり、司、桜子との同人サークル『メロウ』では声優として活躍する。

CHARACTERS

I am a kept man of the three most beautiful women on campus.

「全身全霊で頑張るよ。ふつつか者ですがよろしくお願いいたします」

京坂京

貧乏な家で暮らし、妹のあかりを大学に行かせるため、日々働く男子高校生。バイトのしすぎで、クラスでは少し浮いている。中学までは剣道をやっていた。恋愛には奥手で、三大美女からのアプローチに戸惑う。

「ほんま一家に一台お兄やで」

京坂あかり

京の妹で、中学二年生。兄想いで、家族を楽させるため高校を卒業したら働くつもりと公言する。妙に達観したところがあり、時に京をからかったり、諭したりすることも。

三大美女を救うため
更衣室に突入⁉
「ど、どうしたの京坂……？」

「はぁぁぁぁ……京坂ぁ、もう好き、
好き好き、大好き……」

ミステリアスな
美少女の
甘々な本音――

「一生紐（ヒモ）がほどけないように、
私たちもケイの想いに応えるね？」

校内三大美女のヒモしてます

暁 貴々

ファンタジア文庫

3410

口絵・本文イラスト　おりょう

CONTENTS

プロローグ ◆ 004

第一章 貧乏な家の子と、校内三大美女 ◆ 013

第二章 どす黒い陰謀と、白日の騎士 ◆ 071

第三章 ヒモの胎動 ◆ 107

第四章 三者三様のアプローチ ◆ 189

第五章 絶対に断ち切れないもの ◆ 238

エピローグ ◆ 268

I am a kept man of the three most beautiful women on campus.

プロローグ

「あのさ。今日の占いで、みずがめ座の運勢が一位だったんだけど」

カスタムリノベーションされた、３ＬＤＫのマンションの一室。

「具体的には、好きな異性と急接近の予感って一文があって」

ボイス収録用のブースや本棚、ＰＣデスクなどなど。それらしいものが目に付く洋間で、僕の隣に座る黒髪ロングストレートの美少女、烏丸千景（からすまちかげ）が何やら真剣に語っている。

「もしその占いが当たってるなら、今隣にいる私がケイの好きな女の子ってことにならないかな？」

千景の誕生日は二月十九日で、うお座のはずだ。ちなみに僕の誕生日が一月二十八日で、みずがめ座。おわかりいただけただろうか、つまりそういうことである。

自分の運勢ではなく、僕の運勢をチェックするあたりが実に千景らしい。

「流石（さすが）にそれはこじつけだと思うよ」

そう答えると、千景は不満そうに切れ長の目を細めた。

「ふーん……こじつけね。そこはさ、ウソでもいいから好きって言っときなよ。女の子は誰だって、好きな男の子から好きって言われたいもんなんだからさ」

肩落としのブレザーの内側で、ブラウスとネクタイが波打つようにたゆたっている。感情の波が荒れないよう細心の注意を払いつつ、僕は千景の手元に視線を注いだ。

「気になることがあって。そのボイスレコーダーはいったい何に使うの？」

「あーこれ？　これはほら、ひとりエッ――エモい、尊い？　を録音して、毎日の活力にしようと思ってね」

ん、今この子、『ひとりエッ』て言った？

「別に変なことに使用したりはしないって。ケイはただ『好き』って言うだけ。私はそれを聴いて、毎日の活力にするだけ。これくらいならバイトの範疇に収まるんじゃない？」

「あー、えっと。うん」

確かにそうかも。バイトの一環なら致し方ないのかもしれない。

僕は気持ちを切り替え、ボイスレコーダーに向けて「好きだよ千景」と発音する。

「ふふっ、悪くないかな。届いたよケイの想いが」

バイトの一環だよね。……と、内心ヒヤヒヤ。千景はというとレコーダー片手に録音の再生を繰り返している。少し、いやかなりゾクッとする光景だ。

「ウケる。おけいはん言質取られてヤンの」

「言質って。これはバイトの一環でしょ」

「の割にはずいぶん情熱的に『好き』って囁いてたくね？」

僕こと京坂京を「おけいはん」と呼ぶのは、この世に一人しかいない。

ソファーの端でヤコムの液タブを操作しているギャルギャルしい美少女、ツーちゃんこと小野司は初対面の際から僕のことをそう呼んでいる。

校則に喧嘩を売るようなド金髪のハーフアップに、カラコンを入れた青い瞳。ラメ入りのネイル、ハート形のピアスと、アナーキーが形を得たような装い。

制服もゆるっとルーズに着崩しており、ギリギリまで短くされたスカートからは、ゆで卵のような艶肌の美脚が大胆にさらけ出されている。端的に言って、おバカそうな子だ。

そう思えるぐらいには僕も成長した。というか耐性がついた。

「そりゃ熱も入るよ。お仕事なんだし」

「おけいはんってごまかすんヘタッピだよね？　さっきからアタシのスカートの中もチラチラ見てるし、視線すらごまかし切れてないしぃ」

心外だ。チラ見はしたけど、チラチラとまではいかない。それにＴＰＯを弁えない女性が増加してる昨今、男が一方的に悪いという社会の風潮にはうすら寒ささえ覚える。

こういう時は相手のペースに飲まれず、適当に流してしまうのが一番だ。

「お土産屋さんに生八つ橋が並んでたらつい見ちゃわない？　それと同じだよ」

「あーね、ってなるかあッ！　アタシの勝負下着を八つ橋と一緒にすんな！」

「あはは。でも八つ橋を逆さにしたら紐パンの形に似てるよね」

「に、似てないし……アタシが何穿いてるとかいちいち解説しなくていいから」

似てると思うんだけどな。

僕が京都の出自だからそう思うだけだろうか。

「ていうか、どうしてツーちゃんは勝負下着なんて穿いてるのさ？」

「べ、別に。ギャルが万が一に備えてきゃわゆいパンツを穿くのは当然のコトだし」

「万が一ってどんな事態を想定してるのさ。……まあ、なんとなく察したけどさ」

「ち、ちがっ！　おけいはんとチョメしたいとかそんなんじゃなくて、ただそのいざって時に備えて……ゴニョゴニョ」

耳まで真っ赤っかになるツーちゃん。前世はトマトか何かなのかな。

「あ〜もう！　おけいはんには、乙女心ってモンが伝わんないワケ？」

「勝負下着を見せつけるためにスカートを短くしてるってことぐらいはわかるよ」

「そこだけ切り取ると、アタシがパンツ見せたいだけのただのビッチみたいじゃん⁉」

「違うの？」

「違わい！　おけいはんに、ってところがミソなんだっつーの！」

……か、確信犯だったのか。まあ知ってたけど。

「司のような下品な理由ではないけれど。わたしも身に着けてる」

ここで意外な人物からのカミングアウト。ブルーライトカットの眼鏡をかけた優等生然とした女の子、さくらこと醍醐桜子が、分厚い百科事典から顔を上げて言う。

「京くんと次のステップへ進むためには、そういう準備も必要」

ソメイヨシノ色のショートボブに、まるで深窓で育てられた令嬢みたいに楚々とした佇まい。第一ボタンまできっちり留めたブラウスとキツく締めたネクタイは薄ピンクのセーターとブレザーにインされ、レンズの奥に覗く葉桜とでもいうべき末広二重の目元は、いつだって穏やかな知性を宿している。

「ただし司のやり方を肯定するわけではない。司はもっと心に余裕を持つべき」

そんな指摘をするさくらの、唯一余裕のなさを感じる箇所といえば。

「安心して京くん、わたしは京くんのペースを大事にするから」

「あ、うん。ありがとう」

やはり胸部。いわゆる双丘である。

栄養という栄養を凝縮させた砲弾サイズのメロン二つが、今なお成長中といわんばかりに制服をはち切れそうなほど押し上げている。

まな板のツーちゃんを哀れむべきか、さくらのたわわな果実を奇跡と称するべきか、判断に迷うところだ。僕はどっちも好きだけど。

「もしかして京くん、わたしの胸と会話してる？」

「ごめんなさい。つい見惚れちゃってました」

潔く頭を下げる。おっぱいは偉大なのだ。

さくらはそんな僕を見て、品良くくちびるに笑みを浮かべた。

「謝る必要なんてどこにもない。凝視したければ凝視すればいい」

「だ、ダメだよさくら。女の子がそんなこと言っちゃ」

「ただ胸を見せつけるだけの女豹と好きな人にアピールしてる女の子とでは、心の在り方が百八十度ちがう。わたしは後者」

「なるほど。よくわかったよ」

さくらの熱弁に気圧されていると、ひえっ！　千景に「ふぅーっ」となまあたたかい息を吹きかけられた。なんて不埒ないたずらなんだ。

「ふふっ、かわいい反応。ケイはやっぱり、おおきい方が好きなんだ？」

「……そ、そのふーっての、やめてよ。てか大きさにこだわりはないから」

そう強く断言すると、千景は僕の腕をユーカリの木よろしくコアラのように抱え込み、ニンマリと笑う。やわらかな膨らみが肘にあたって、大変気まずい。

「私の胸はケイに揉(も)まれたがってるけどね。もっと、おおきくなりたいって」

堪忍(かんにん)してください。

と、いつもなら脳が正常な働きをするところだけど、千景のウィスパーボイスと上目遣いのダブルパンチには催眠作用でも付与されているのか。おっぱいって揉んだら大きくなるの？　と、つい聞き返してしまいそうになる。

アブナイアブナイ。こんな魔性じみた女の子がVチューバー界の新星、音羽天使(おとわてんし)の中の人だとは、ファンは夢にも思うまい。

ちなみに。ツーちゃんとさくらも千景に負けず劣らずのプロップスオバケであり、ツーちゃんはSNSのフォロワー数三〇万人超えの神絵師で、さくらはシリーズ累計発行部数五〇万部超の『夜桜キリング』を執筆してるライトノベル作家だったりする。

そして三人の天才美少女もとい同級生に振り回される、僕こと京坂京。

……これといった才能もない、ただの男子高校生とだけ言っておこう。

そんな感じで各人のバックグラウンドを簡潔にまとめてみたけれど。

「はいドーン。おジャ魔女ソラシド。なーに、ふたりで盛り上がってるワケ？」

「ちょっと割り込んでこないでよ。ケイと私の時間を邪魔しないでくれるかな」

「京くんの正妻ポジションは決まってない。ここからはずっとわたしのターン」

「み、みんな……狭いから一旦離れて。ひあっ、変なとこ触らないでってば！」

それでも、この現実味のない光景を十全に説明するには足りていない。

四人掛けのソファーに男一人、女の子三人という構図。左に千景、右にさくら、後ろから僕に抱き着いてくるツーちゃん。見目麗しい女の子たちにトライアングル状に囲まれ、

「あ、あのぅ。なんですかね、これ？」

たまらずそう呟くと、

「「「ヒモの義務」」」と、ユニゾンする三人の声が返ってきた。

はあ。

僕がどんな無茶ぶりをされても二つ返事で引き受ける理由。それは僕がみんなにとっての『特別』であり、これが『お仕事』だからに他ならない。

時給五〇〇〇円で美少女たちとイチャイチャできるバイトなんて言ったら、きっと世の

男子たちは羨み、血涙を流すことだろう。

そう。

お手伝いの中にはこのように雇い主の欲望を叶える、もとい満たしてあげる仕事も含まれていて、女性に金銭の面倒を見てもらいながら、その見返りとして、ただ側にいるだけの男、身の回りの世話をする男、あるいはご機嫌取りをする男のことを……

世間一般では、ヒモ（由来は［海女　紐］と検索すればわかる）と呼ぶ。

そう、僕はヒモだ。ヒモ。だけど、そんじょそこらのヒモではない。

学園のスーパーアイドル・校内三大美女に養われている、三ツ星級ならぬ、三つ編み級のヒモである。うん。

さて、ここでおさらいとして。

京坂京という人生ハードモードなモブ男子高校生が、なぜ一挙手一投足さえ高嶺の花と言わしめるような女の子たちと、このような関係になっているのか。

その経緯を振り返ってみようと思う。

ことの発端は、約一ヶ月ほど前の出来事に起因する――。

第一章　貧乏な家の子と、校内三大美女

うちは貧乏だ。

僕こと京坂京がバイトを始めたのは中二の秋。初仕事は新聞配達だった。

人生ハードモードだけど、心の病から立ち直った父さんと天国にいる母さんを恨んだことは一度だってない。

そう、うちは貧乏だ。まだ中学生の妹が「借金してまで大学に行く気はあらへんよ。うちは高校卒業したら働くつもりやし、お兄とオトンを楽させたるさかいな」とか、笑顔で言うのを聞いていると、達観してるなあ……と感心する反面、胸が痛くなる。

僕は妹を大学に行かせてあげたい。そのためにはお金が必要なんだけど。

『子供の年収が一〇三万円を超えると扶養控除の適用外となる』

……という、この国のよくわからない政策が、僕の掲げた目標のハードルを驚異的な高さに押しあげている。

稼ぎ時である春休みもあっという間に過ぎ去ってしまったし、物価上昇で生活もどんど

ん圧迫されていくし、こうなれば海外移住を……。ブッブッブッブッブッブッブッ。

「って、そんなお金は我が家にない！」

錯乱の途中ですが、このままジリ貧コースを辿るのかなとか考えだしたらぞっとするよね。多感な時期の高校生に厭世観だけを与えて放置するこの国のやり方に異議を申し立てたいところだけど、幸いにして僕には諦念に打ち拉がれているヒマなんてない。

カラフルなのぼり旗と松の木がずらりと並ぶ通学路をテクテクと歩きつつ、ブルーな思考回路の落とし所に頭を巡らす。

家族が幸せならそれでいい。それ以上は望まない。ちぎれ雲が早足に春の空を流れていくのを見てたら、そんなちっぽけな願いくらいはエゴじゃないと思うんだ。

「幸せっていったいなんなんだろうね」

母さん。そっちは空気が澄んでて気持ちいいのかな？

天国ってところは、優しい場所なのかな？　僕は無事進級できたよ。

「行ってきます」

澄み渡る空の〝向こう側〟へと挨拶を済ませ、二年生の証である青いネクタイを風になびかせながら、僕は新入生を横目に校門をくぐった。

京都府立沓涼（とうりょう）高等学校。

それが、僕の通う高校の名前である。

この学校の変わったところは地下にも教室があることで、そのためベランダの大きさが教室の場所によって異なり、オープンカットの広場から見上げる校舎はまるで要塞のような形状になっている。

これは余談なのだけど、地上から広場に下りるための外階段は全校集会や文化祭の時などに座席としての役割を果たすため、ばっちい、スカートが汚れちゃうっ！　などと考える新入生も少なくはないのかな、と想像を巡らせては苦笑する。

しかし実際の風景を目（ま）の当たりにするとこれがなかなかどうして、ライブ会場の観客席みたいになっているじゃないかと、感動することうけあいなのだ。

ソースは僕。

入学したて、ほやほやの頃は、この階段の勾配と、広々としたスペースに心躍らせたものである。まあしかし、それもピカピカの一年生の間までの話で、今はただただ昇降口へと続く長い道のりとしか認識していない。一度下りて、また上る。この繰り返しは、地下と地上を往来する非効率な行為であり、日に日にただの作業と化していく。最初から最後まで平坦（へいたん）な道ならいいのに、ちょっと変わった造りのせいで、二度手間なのが辛（つら）い。

と、ここまでネガティブキャンペーンを繰り広げてみたけれど、もちろん、嫌なことばかりではない。

多分、僕以外の男子もそう感じているだろう。

それは、この学校の名物にもなりつつある、『校内三大美女』の存在だ。

いずれも入学初日から全校生徒の視線をかっさらい、瞬く間に学園中の話題の人物となった、まさしくスーパーヒロインである。

告白して玉砕した男は数知れず。

百、いや二百に迫ろうかというラブレターを彼女たちは一顧だにせず（そもそも連絡先が入手できないので、なぜアナログ？　というツッコミはＮＧ）。

その鉄壁のガードっぷりから難攻不落の城塞都市になぞらえ、彼女たちのことをコンスタンティノープルと呼ぶ人もいるとか、いないとか。

他校の生徒に至ってはまるでアイドルの出待ちのようなノリで正門前に屯していたりするのだから、その熱狂ぶりは推して知るべしだろう。

まあ、僕には関係のない話なんだけど。そりゃ仲良くしたいかしたくないかで言えば、したいに決まってる。でも、無理。住む世界が違いすぎる。

なんてことを考えながら下駄箱で靴を履き替え、地下一階から二階へ。

掲示板に張り出されたクラス表を確認する。

えーっと。僕は二年三組か。

指定の教室に入り、自分の席を探して腰を下ろす。

……と、窓際で談笑する三人組の女子生徒が目に入った。

モデルやタレントさんもかくやと言わんばかりの美貌で、教室の中でも、ひときわ異彩を放っている仲良しトリオ。

一人は、長い黒髪に線の細い、黒マスク姿のミステリアスな少女。

一人は、金髪にピアス、流行のメイクを施したギャルっぽい少女。

一人は、おしゃれなメガネをかけた、文学的でグラマラスな少女。

三人揃って、どこか近寄りがたいオーラを放っている彼女たちこそ、我が沓涼高が誇る校内三大美女・烏丸千景、小野司、醍醐桜子だ。

入学式の日に体育館で見た姿と一ルクスも変わらない、その輝きは今もなお健在で。クラスメイトの視線を一身に集めながら、「今期のアニメやばいよね?」とか、「それな。観るもの多すぎてヤバたん」とか能天気な会話をしている。アニメ観るんだ。

ここまでは一般男子生徒の感想だ。他の生徒がどんなことを考えているかまではわからないし、僕はモブらしく、ただその眩しさに目を細めるだけである。

同じクラスになれた。それだけで満足すべきだろう。ボッチの僕にとって青春とはほんの少しの非日常であり、彼女たちはそんな刺激を与えてくれる存在なのだから。

始業式に続いてホームルームが終わると、昼前にもかかわらず、ちらほらと下校する生徒が現れ始めた。

うちの学校は始業式当日に授業がないのが救いだ。

僕も帰り支度を済ませていると、不意に背後からポンと肩を叩かれた。

振り返ると、そこにいたのは二人の女子生徒。一人は安達さん。去年も同じクラスだった子で、もう一人は……ごめんなさい。ちょっとわかりません……。

その後ろには数人の男子が集まっていて、こちらの様子を興味深そうに窺っている。

「京坂くん、いまからカラオケ行かない？　ほら、この前行けなかったでしょ？」

「あ、ごめんね。今日もバイトがあるんだ」

「え。でも今日は学校、お昼で終わりだよ？」

「うん、お昼からバイトに行く予定なんだ」

「そ、そうなんだ。なんか、ごめんね……？」

申し訳なさそうにする安達さん。これ、何度目のやり取りだろう。

「ううん。こっちこそ。また今度都合があうとき誘ってくれると嬉しいな」

「おっけー。わかったよ。絶対誘うからね」

「んだよ、あいつ。ノリわりーよな。始業式の日までバイトかよ」

「アイツんち貧乏で、プレハブ小屋で生活してるらしいぜ」

「なにそれワロス。風呂入ってねーとか？」

教室には、僕を中傷する声が広がる。

進級してまだ日も経ってない二年三組の教室。クラス替えが行われたばかりだというのに、僕はすでにみんなの輪から外れている。なんなら加わったこともないんだけど。

「アンタたちより京坂くんの方が小綺麗よ」

「うっせ、バーカ。なにが小綺麗だ。京坂は男らしさのカケラもねーだけだろ」

「それな。なよなよしていて、きもちわりいんだよ」

「も、もうやめなって、男子」

僕こと京坂京を嫌う男子は多い。

よくわからないけど、『女たらし』だと思われているらしい。実際にこちらから話しかけてるわけでもないのに、そんなレッテルを貼られるなんて心外だけど。

慣れっこだし、今さら、特に気にしたりはしない。むしろ僕というストレスのはけ口を失ったら、この学級は荒れるのではないかとさえ思う。
人は人、僕は僕。人の心がわからない人間にはなりたくないし、そんな人間になるくらいなら、孤独でいる方がずっとマシだ。ボッチ最高！（強がり）
さて、今日もバイトを頑張るぞ。早く、お金を稼がないと。

ユーバーイーツ。

それは配達員のバイト。フードデリバリーサービスってやつだ。

注文された商品を指定の場所に届けるお仕事で、簡単に言えば、「飲食店」と「配達員」を結びつけた、画期的なビジネスモデルである。美味(おい)しいご飯を家から一歩も出ずに楽しめるこのシステムは、今や老若男女(ろうにゃくなんにょ)問わず、多くの人に愛されている。

僕もそのバイトの求人に応募して採用されたのだ。一昨年までは十八歳以下の採用はなかったのだけど、去年から応募資格が緩和された。

給料制ではなく報酬制で、一回の配達で約五〇〇円程度の報酬がもらえる。

要するに数をこなせばそれだけ稼げるというわけだ。


時刻は、十七時頃。

僕は指定の場所である、六地蔵駅周辺のマンションに来ていた。

インターホンを鳴らすと、すぐに住人が出てくる。

艶やかな長い黒髪と、黒マスク。切れ長の目に、長いまつげ。

お財布を取り出す女の人の姿を視認して、僕は驚いた。

なんということでしょう。ユーバーイーツの配達先は、あの校内三大美女の一人・烏丸千景さんの住むおうちだったのです。

クールな美人の見本みたいな烏丸さんは、ネイビー色のアウターを肩に落としたスタイルで、中はタンクトップ、下はホットパンツという、ラフな格好をしている。

「京坂、だっけ？　へぇ、ユーバーのバイトしてるんだ」

僕の名前を知ってくれているらしい。ちょっと、いや、かなり嬉しい。

「うん。こんにちは。烏丸さん、だよね？　これ配達の品。中身を確認してくれる？」

配達用のリュックから、パック詰めされた中華料理を取り出す。

チャーハンとか八宝菜とか、けっこうこってり。

「あのぅ……烏丸さん？」

「バイトってさ、時間の無駄だと思うんだよね。高校生がお金を持って何をするの？」

烏丸さんはパックを受け取ろうとはせず、何故かそんなことを訊いてくる。

「えと、時間の無駄かどうかは僕が決めることだから」

「そうだね。私にはカンケーないし。でも意外。てっきり、お金に興味ないタイプだと思ってたけど、そうでもないんだね。いつもみんなのお誘い断ってる理由って、お金が欲しかったからなんだ」

「お金が欲しいわけじゃない。でも、お金がないと妹を大学に通わせてあげることもできないから」

このニュアンスをわかってもらおうなんて思わない。

「……」

烏丸さんは少し間を開けてから笑った。

「へぇ。そんなこと言う人、今どきいるんだ。誰かのために、ね。んー希少種って感じ」

口元がマスクで隠れていてよくわからないけど、目が三日月の形になっていたから、多分、笑ったのだと思う。

「希少種、なのかな……？　家族のために働く人って大多数だと思うけど」

「京坂ってオトナなんだね」

「いや、えっと。烏丸さんの方が百倍オトナっぽいと思うけど」

「ふふっ、なにそれ。私、そんなに老けて見える？」

「そ、そういうわけじゃ」

これはからかわれているのかな。

あんまり、というより、全然お話をしたことがないのだけど。学校ではいつもクールな印象の烏丸さんに、こんなおちゃめな一面があったなんて、ちょっと意外だ。

校内三大美女と称される三人組の、一人。

同級生だけど、僕とは住む世界が違うような……そんな気さえしてしまう人。

「引き留めて、ごめんね」

「ううん、気にしないで」

「バイト頑張って」

「ありがと」

お代を受け取り、パックを渡すと、彼女は家の中に引っ込んだ。

配達は完了だ。

＊

烏丸さんとお話しするという、アンビリーバボーな体験をした翌日のこと。

学校に行くと、いつも通り僕は陰口を叩かれていた。おもに陽の方に属する人たちに。

けれども、そんな周りの反応なんて気にならなくなるくらいの騒動が昼休みに起こる。

「東山さあ、アンタ下心が見え見え。ハッキリ言って、ウザいんだけど」

「下心なんてねえって。ただ、なんつうの……お前らが来てくれた方が『親睦会』も盛り上がるし、な？」

「アンタそれマジで言ってるん？　アンタら好みのメンツだけ集めて、カラオケで飯食って、それでクラスの親睦が深まるとかホンキで思ってんの？　バッカじゃない」

「そ……それは」

教室の隅で、男子のグループと三人の女子が対立している。

東山、と呼ばれた男子はクラス内においてリーダー的存在だ。スポーツ万能な爽やかイケメンで、女子に人気がある。

そんな彼が中心となり、新しいクラスの親睦会を企画していたのだけど、烏丸さん、小野さん、醍醐さんの三人（おもに小野さん）が、真っ向から誘いを断っている。

クラス一の美少女グループの明らかな拒絶に、男子だけではなく女子たちも困り果てている様子。

でも、理由は明らかだ。親睦会という名目だけど、要するに東山君たちが女子と仲良くなりたいだけなのだ。特定のグループだけを誘っているあたり、下心がスケスケである。

僕なんかは今さっき、へえ親睦会なんてあったんだ……と初めて知ったくらいで、クラス内における誰々のヒエラルキーも漠然としか把握していない。これはこれでやばい。

けれど俯いている人たちはきっと誘われてなくて、戸惑っているメンバーはすでに誘われて参加が決定している人たちなのだろう。と、それぐらいは何となく察しがつく。

まぁ、僕には関係ないけど。

そんなことを考えていると、ふと、烏丸さんがこちらに視線を寄越した。

どうしよっか？　みたいな顔で僕を見て、それから小さく肩を竦める。

ぅへ。昨日少しお話しした仲だとはいえ、いきなり振らないでほしいな……。でも、このままにはしておけないような、そんな空気だった。

僕は席から立ち上がって、「あ、あのう」と、控えめに手を挙げる。その瞬間、教室が静まり返る。男子も女子も、みんな僕に注目している。

「京坂、お前……なに？」

イケメンが不機嫌そうに僕を睨む。

「いや、えっと、今日僕、久しぶりにバイト休みで……あの、その、親睦会に行けたらなー……なんて」

記者会見を開くもなんの用意もしてない政治家みたいな、しどろもどろな受け答え。

やばい。なんか泣きそう。小野さんは一瞬、何を言われたかわからない、という顔をしたけど、すぐに意図を察してくれたようでポンと手を打った。

「たしかおけいはんって、去年もバイトがあるとかで親睦会来てなかった系だよね？」

おけいはん？　それって、もしかして僕のあだ名だろうか。

「あ、うん。そうだけど。どうしてそれを？　小野さんとはクラスが違ったはずだけど」

「ウケる、去年の親睦会は三クラス合同で、河原町のカラオケ貸切にしたし。おけいはんひとりだけ不参加だったから、ある意味超目立ってたよ」

「……あはは」

どうやら、僕みたいな奴は他にいなかったらしい。てか、去年もみんなでしたなら今年だってそうすればいいのに。

親睦会を企画した東山君も、選ばれたメンバーも、そうでない人たちも、どうしていいのか分からないようで黙り込んでいる。静かにざわめく教室。

「どする、千景？　おけいはんも来るって。あんたレアキャラ好きでしょ」

「まーね。希少種ってなんかご利益ありそうだし」

僕は運気上昇アイテムじゃないよ。

「桜子は？」

「どっちでも」

「じゃ、全員参加ってことでいいんじゃね？　行きたい人、挙手で」

その鶴の一声で、教室内はわっと盛り上がった。

みんなが次々と手を挙げていく。

「ふはっ、京坂氏の勇気しかと受け取った。我もこの波に乗るとしよう」

後ろの席からも参加を表明する声が。長い黒髪を頭の後ろで束ねている、いかにもオタクっぽい風貌の彼は、通称ラストサムライこと石田君。

「石田君、けっこうノリノリだね」

「この手の催しは我には縁遠いイベントだからな。年一の無礼講デーとあらば、我も参加しないわけにはいかぬだろう」

無礼講デーか。いいね。なんか響きがカッコいい。

人のことは言えないけど、石田君はクラス内でも指折りの変人だ。彼が同志と呼ぶ、サブカルチャー愛好家の人たちも揃って手を挙げている。

東山君のグループは面白くなさそうにしながらも、特に反論することなく、そのまま参加ということになった。睨まれてる睨まれてる。くわばらくわばら。

かくして僕のせいで（？）クラス権力者の宴はごくごく普通の親睦会に早変わり。

烏丸さんと小野さんがクスクスと笑い合いながら僕の方をチラ見してきたような気もしたけど、多分気のせいだろう。気のせいであって欲しい。

さっきのあの情けない受け答えが尾を引いてるのだとしたら、あまりにも恥ずかしすぎる。女子に笑われるとか、地獄かな。

そして、放課後。

ホントは今日もバイトに行く予定だったのだけれども、あの雰囲気ではとてもじゃないけど言い出せなかった。

烏丸さんにちょっといいところを見せようかなとか、そんな見栄(みえ)を張ったのが良くなかったのだ。そのことについては後悔はないけど、別の理由で反省したい。

(う……う、歌うだけで、ろ、六〇〇円？　これってボッタクリなんじゃ)

三時間、フリードリンク込み。

カラオケなんて普段行かないから、相場がよくわからない。ちなみに一クラス三十六人なので、部屋は六人ずつの六グループに分かれている。

僕はみんなとあまり話したことないし、となりのトロロとかは聴くけど歌うのはまったく得意じゃないしで、こうして端っこで一人で過ごすのが楽だった。

まずい。親睦会のしの字もない。

男女がペアになって、仲良くお話に花を咲かせている。僕は、そんなみんなの様子を眺めながらドリンクバーのウーロン茶をちびちびと飲むだけ。

ドアが開き、誰かが入ってくる。石田君だった。

「やあ京坂氏」

「やあ石田君。どうしたの？」

「なに。お礼参りというヤツだ」

キミがそれを言うと、辻斬(つじぎ)りの人みたいだからやめたほうがいいと思う。

「僕はパワースポットじゃないよ」

「謙遜するな。我らサブカルチャー愛好家にとって、京坂氏の勇気ある行動はまさに神風そのものであった。感謝している」

「なんかよくわからないけど、どういたしまして」

「本来、人に上も下もないのだ。なのに、東山率いる陽の者たちと我ら陰の者たちはこうしていがみ合っておる。いや、おそらく向こうはこちらの存在を認知すらしていまい」

石田君はそこで一息つくと、遠い目で「いったい、いつからこうなってしまったのだろうな」と呟(つぶや)いた。

「いつからだろうね」

僕は適当な相槌を打つ。

「まあとにかく。我らに勇気を与えてくれた京坂氏に、深き感謝を。さながら最後の侍のようであったぞ」

ありがとう。でもそれはキミの通り名だと思う。

「ではまたな。サラダバー」

「あ、うん。サラダバー？」

石田君は隣の部屋に戻っていく。僕は再びウーロン茶を口に含む。

不思議な気分だ。クラスメイトから感謝されたことなんて今まで一度だってなかったから。僕のあんな小さな勇気でも誰かの力になれたのかな、なんて。

ちょっぴりセンチメンタルな気持ちに浸っていると、また部屋のドアが開いて、ギャルっぽい女の子が入ってくる。

「おっいたいた！　おけいはん隣いい？」

「あ、うん。どうぞ」

小野さんだった。水滴のついたグラスを片手に、にかっと口角を上げている。笑うと、八重歯がちらりと見えて、すごくチャーミングだ。

ギャルっぽいけど親しみやすい雰囲気で、制服を着崩して腰にブレザーを巻いており、スカートはギリギリまで短く、ブラウスの胸元は第二ボタンまで開けていて、ハートのチャームのピアスがちょっぴりいかつい。

それがマイナスイメージを与えているかと訊かれると、そうでもなく、むしろ彼女の美貌を強調しているようにも思える。

そんな小野さんは、メロンソーダの入ったグラスをテーブルに置きながら、僕の隣に腰かけると「ありがとね」と一言。アリガトネ？　僕は一瞬、きょとんとしてしまう。

「あ、さっきの。あれはその、勢いで言っちゃったというか、あはは」

「だよね。おけいはん、ああいうことというタイプじゃなさそうだし。でもアタシ的には超助かったっていうか、ま、そのお礼をいいに来たカンジ」

本日二度目のお礼。嬉しいような、照れくさいような。

「わざわざありがとう。てか、みんな部屋の移動してるけど……カラオケってそういうのアリなの？」

「推奨はされてないけどどするよね～。おけいはんマジメすぎ」

小野さんは楽しそうにけらけらと笑っている。

緊張するけど相手は同級生なんだ。自然体で接すればいい、はず。

「僕はおけいはんじゃなくて京坂なんだけど」

「そんなの知ってるし。下の名前がケイでしょ？　だからおけいはん」

「あー、なるほど……」

「千景から聞いたんだけどさ、おけいはんって妹ちゃんのためにユーバーのバイトしてんだってね？　今日もホントはバイトに行く予定だったとか？」

昨日の今日で、もう烏丸さんから小野さんに伝わってるのか。

まあ、別に隠すことでもないからいいんだけど。

「小野さんが気にすることじゃないよ。うちの家庭の事情だし」

「うわ、男の子にやんわりキョゼツされたの初めてかも」

「拒絶はしてないよ？」

「でも今遠ざけようとしてたくね？」

「えっと、ごめん。そんなつもりはなかったんだけど……」

「ジョーダンだって。ま、みんなにはアタシがウマく言っとくからさ、おけいはんは抜けたいときに抜けていいかんね」

そう耳元で囁き（ささや）つつ、小野さんは――むしろ、どこか帰りづらい雰囲気を作ろうとしている気がする。

距離が近い。僕の二の腕に胸が当たってる。そんなに、いや全然大きくはないけれど、確かな柔らかさを押し付けてきている。ぺたっ、ぺたって感じ。

ギャルはスキンシップがレベチだと聞いたことがあるけど、まさかここまでとは。

僕は緊張と照れで背中をムズムズとさせながら、なんとか平静を装う。

「ありがと。じゃあお言葉に甘えて。これ飲んだら帰るよ」

「はぇえ。マジで……やんわりとキョぜられたー」

「えと、どういうこと？」

「ううん、こっちの話。お仕事ファイト」

「うん。ありがと」

僕はそれだけ告げて、ウーロン茶を飲み干し、カラオケルームを出た。小野さんがニカッと笑っていた気がするけど、あれはどういうリアクションだったのだろう。ボッチの僕には、女の子の感情の機微というものがよくわからなかった。

＊

京坂京が退出した後。

二年三組の親睦会の場に、三年の先輩グループが乗り込んできた。

いわゆる陽キャだとかリア充だと周囲から認識されている、派手目でチャラそうな男子たちがズカズカと入り込んできて当然場は白ける。

「六条君、お疲れっす」

「おつかれー。てかさぁ庄ちゃん。話ちがくね？　なんでこんな人多いわけ？」

庄ちゃんこと東山庄悟。その先輩にあたる六条という三年の男子は、ぎょっとしてあとずさる後輩の肩に手をかけながら、ニヤニヤと笑っている。

「可愛い子だけ呼んでって俺言ったよね？」

「そ、それは、その……」

「諫山も聞いてただろ？」

「その辺にしといてやれ慶太。庄悟もまずいと思ってるようだし」

諫山と呼ばれた筋骨隆々の男の制止を受けた六条は、東山の背中をバシッと叩く。

「まあいいや。んで、司ちゃんはどこいるん？」

「あ、案内します……こっちです」

三年生グループを司のいる部屋へと案内する東山。

廊下側から扉を閉めてそのまましゃがみこんでしまう様は、先輩と後輩の上下関係というよりも、主従関係といった方が的を射ているかもしれない。

ほどなくして、中から話し声が聞こえてくる。

「司ちゃん、久しぶり。俺のこと覚えてるよね？」

「ドチラさんでしたっけ？」

「俺だよ、去年キミに告白してフラれた六条慶太」

「あー。二年の親睦会なんでご退出お願いできますか？」

「まあまあ、そう邪険にしないでよ。あれから俺、超努力してさ。マイスタのフォロワー数が五万を超えたんだよね」

司は半開きの目をパチパチと瞬かせながら、「へー」と適当に相槌を打つ。だが、六条はそんな態度にもめげず、猫なで声で話を続ける。

「なあ、慶太。お前、司ちゃんに相手されてねえぞ」

「それでいいんだよ。たまにはお高くとまった女を鳴かせてみたいだろ？」

「慶太は鬼畜だからなあ」

「お前らが真に受けるなよ。冗談だってのに」

「ぎゃははっ」

六条の後ろで、他の陽キャたちも好き勝手なことを言っているが、司は顔色一つ変えずにスマホをポチる。

「とりあえず連絡先だけでも教えてくれないかな？　俺、最近モデル活動もしてるから、一緒に配信とかして司ちゃんの良さを視聴者にも伝えたくてさ」

「あ、そういうの間に合ってるんで。自称インフルエンサーには一ミリも興味ないんっすよね、アタシ」

司の容赦ない罵倒に、場は凍り付く。

「……司ちゃん、キミさ、ちょっと調子に乗りすぎじゃね？」

「場を弁える相手にはそれなりの敬意を払いますよー。でも、オイタをしたのは先輩方でしょ？　マジメに今日のところは帰ってくれませんか？」

「なるほどね。そういうことなら、日を改めることにするよ」

取り巻きを連れて、カラオケルームを出て行く六条の背には目もくれず、司は再びスマホをポチポチと弄りだす。

（マージつまんない男ばっか。おけいはんの連絡先聞いとけば良かった）

心の底から惜しそうなため息が、カラオケルームに零れ落ちた。

＊

親睦会を途中で抜けて、ユーバーのバイトを終えた帰り道。

僕は、世界遺産にも登録されている有名なお寺の本坊に連なる夜桜を、一人寂しく見上げていた。

時刻は、二十二時。春とはいえ、夜はまだ肌寒い。

パーカーのフードを深く被(かぶ)って、鼻水をすする。

夜桜がキレイだ、と。

そう思ったのは久し振りかもしれない。地元民は花見などしない。みんな、幼い時から見慣れているからだ。

小学生くらいまでは、通学路に咲く桜を、友達とはしゃいで見上げていたけど。

中学生になったあたりから、すっかり観(み)なくなってしまった。

高校生になった僕は、もうそんな歳(とし)でもない。

あの頃のように友達がいるわけでもない。

そんなことを考えていると、風が吹いた。

ざぁっと、木々が揺れる音がした。

桜の花びらが散る。

そこで、僕はふと気付いた。

誰かの視線に。

気配に。

　思わず振り向いた。

「醍醐さん……？」

「誰、キミ？」

　誰キミはけっこうくる。

　まあそれはさておき、そこにいたのは醍醐さんだった。

　色素の薄いソメイヨシノ色のボブカット。夜だというのに制服姿で、メロンを内包しているかのようなたわわに実った大きな胸が、ピンクのセーターとブレザーを内側から押し上げている。

　彼女のレンズ越しの瞳は僕を睨んでいるように見えた。いや正確には僕を見てすらいなかった。そして僕は理解した。

　醍醐さんの興味は僕の後ろにある桜の樹に向けられている、と。

「あ、ごめんなさい。同じクラスの京坂です」

「知らない」

　ぐさっ。グサグサッ。

「だ、だよね。あまり目立つ方じゃないし、僕は」

「そうじゃなくて、わたし同世代の人間にあまり興味なくて。だから京坂くん、だっけ？　悪いけどキミの顔も覚えてないの」

辛辣な物言いだけど、不思議と嫌な気はしないな。

醍醐さんは、烏丸（からすま）さんと小野（おの）さん以外の生徒とはほとんど会話をしない。プライベートは一切謎に包まれている。ある意味絵に描いたような高嶺（たかね）の花って感じで、同じ学年の男子、特に文化系の男子はみんな彼女にお熱らしく、でも、誰も彼もが遠巻きに眺めているだけで決してお近づきになろうとはしない。触らぬ女神に祟（たた）りなし、ということだろう。

僕とはまた違った意味でボッチに近い存在だ。

そういう意味ではどこか似ていると勝手に親近感を抱いていたけど、ここまでハッキリと自分の言葉を口にできる勇気は、僕にはない。

「邪魔したみたいだね。ごめん。それじゃ」

「桜を観てたのなら、わたしに気を遣って帰ることはない」

「は、はい」

自分でもよくわからない返事をして、僕は桜の樹の下で棒立ちになった。

醍醐さんは、ただぼんやりと夜桜を見上げている。正直気まずい。何を話せばいいかわからないし、どういう距離感で接すればいいのかもわからない。

「質問。京坂くんは、後悔しない生き方をしてる？」

「え？」

「ごめんなさい。いきなりすぎたかも。わたし、話すの得意な方じゃなくて」

「気にしないで。少し驚いただけだから」

「無理しなくていい。答えるにしたって、難しい問い掛けだと思うから」

「ああえと、その、多分なんだけど。……今は『できてる』と思う」

「そう」

「うん」

「でも今という言葉はいつか簡単に崩れ去る。今はそのときじゃないだけ。だから、この先も後悔しない生き方をしてるって言い切った方がわたしは好感を持てる」

すごい、深いことをおっしゃられる。まるで詩人みたいだ。

「この先を考えてしまったら、きっと僕は今の僕を甘やかしてしまうから」

「……甘やかす？　ちょっと気になる。その先、聞かせて」

「なんて言ったらいいのかな。醍醐さんの考えもわかるんだけど……僕は『今』を頑張らないと後悔するタイプだから、先のこと考える余裕がないというか。もちろん、その時々でできることを精一杯やるけど」

「なるほど。確かにわたしとは『本質』がまるで違う。不思議」

「まあ、今日……早速、後悔しちゃったんだけどね」

そう。今日はバイトの時間を削ってしまったのだ。

クラスの親睦会に参加するのも大切だと思うけど、それとこれとはまた別問題。

妹の学費を稼ぐという自分との約束を、僕は反故にしようとした。

小野さんがフォローしてくれたから事なきを得たけど。

「繋がった。もしかして、京坂くんが司の言ってたおけいはん？」

「そ、そうだけど。繋がったって、どういうこと？」

「世の中には無数の点が転がってる。人だったり、物だったり、風景だったり。そのどれもが、線で繋がるわけじゃないけど、少なくとも、わたしの中では繋がった。千景と司が、キミのことを楽しそうに話してたから」

烏丸さんと小野さんが僕のことを楽しそうに話していた？

どういう状況なんだろう。校内三大美女の話題に上がる男子高校生……それって、とても光栄なことなんじゃないだろうか。

「わたしもキミに少し興味が湧いてきた」

醍醐さんは夜桜を見上げながら、意味深なセリフを口にする。

月光に照らされた彼女の横顔は、どこか神秘的だった。

「仲良くしてくれると嬉しい。わたし、友達少ないから」

友達のいない僕にとって、その響きは砂糖菓子の弾丸。甘すぎて捌き切れない。

「こ、こちらこそ。よろしくお願いします」

静かに。じんわりと。僕の心を、そっとノックするように。

桜の花びらが、火照った頬を掠めた。

＊

校内三大美女と接点を持てたことは、僕としてはとても嬉しい。

けれど、自分から話しかける勇気もないし、学校で、向こうから話しかけてくれることも絶対にない。そう、思っていた。人生って不思議だ。

始業式から二日経った、四月八日の昼休みのこと。

校舎横の駐輪場脇でお弁当を食べていたら、三人の女子生徒が僕のもとにやって来た。

「あれ、京坂がいる。なにしてるの？　こんなところで」

最初に声をかけてきてくれたのは烏丸さん。相も変わらず黒マスク姿で、ブラウスとネクタイに合わせた肩落としのブレザーが、クールな印象を醸し出している。

その後ろには、自転車を押す小野さんと文庫本を片手に持った醍醐さんの姿。

「あ、えと。お昼ご飯を食べてます」

「京坂、ひとり？」

「そうだけど」

「ぷはっ、ウケる。おけいはんそれボッチ飯じゃん！」

何が面白いのか、小野さんがゲラゲラ笑い出した。

「うん。僕、友達いないから」

「マ？　それはその、マジでゴメンゴ……これ切腹案件じゃね？」

江戸時代ですか。それは石田君のアイデンティティだから奪わないであげて欲しい。

「いいよ、慣れてるから」

「司はデリカシーがない。わたしは先日、京坂くんと友達になった。だから京坂くんはボッチじゃない」

醍醐さんはそう口にしながら、パタンと文庫本を閉じる。

「え？　桜子とおけいはん、いつのまに同盟結んだン？」

小野さんは歴史が好きなのかな。

「一昨日の夜」

「なんそれ密会？」

赤色のママチャリを駐輪場に入れながら、小野さんは首を傾げた。

カゴの中のコンビニ袋から包装されたサンドイッチがはみ出している。うちの学校は昼休みの外出が認められてはいるけれど、コンビニに行く生徒は稀だ。昨今のコンビニはステルス値上げが横行しているし、高校生としてはちょっとした贅沢になる。

だから校外でお昼ご飯を調達する生徒はお金に余裕のある生徒か、学食が売り切れてしまった生徒に限られてくる。

小野さんはどっちなんだろ？　という、疑問はさておき。

「密会じゃないよ。たまたまお寺で会って、少しお話をしただけ」

「ほえー。めっさ、エモいシチュ」

「へぇ。お寺かぁ、京坂ってそういうの好きなんだ。シブいね？　私も京坂とお友達になりたいんだけど、いいかな？」

烏丸さんがサラサラの長い黒髪を指で耳にかけながら、僕に尋ねてくる。どきり、と心臓が高鳴った。右心房にアッパーカット喰らったかと思っちゃったよ。

「もしかして照れてる？　京坂かわいい」

「え、あ……」

「ヤバ勘違いさせにいくじゃん？　やめときなよおけいはん、千景は魔性だから」

「そういう情報操作しない。私だって、分別くらい弁えてるんだから」

「司も千景も性格が尖ってるから、どっちもどっち」

「桜子がそれいっちゃいますー？」

「桜子だけには言われたくなーい」

「あはは……三人とも仲が良いんだね」

三者三様の受け答えを見て、僕は思わず笑ってしまった。

微笑ましいというか見てて気持ちいいというか、不思議な感じだ。これが同世代の友情というものなんだろうか。僕には、縁のないものだったから新鮮だ。

海産コーナーの残り物を掻き集めたお刺身のツマくらいの存在感しかない僕にとって、三人はどこか別世界の住人にも見えた。

そんな、和やかな雰囲気の中。出し抜けに……いや、狙い済ましたかのようなタイミングで、校舎の陰からぞろぞろとイケてる風の上級生たちが姿を現した。

「ふぅ、やっと見つけた。探したよ司ちゃん。この前の約束忘れてないよね？」

第一声を発したのは先陣をきって歩く黒髪マッシュの男子だ。烏丸さんや醍醐さんはちらりとそちらを一瞥しただけで、興味なさそうに顔を背ける。

「ホントしつこいっすね先輩。探してたじゃなくて張ってたの間違いじゃないですか？」

小野さんが呆れたようにため息を吐いた。

知り合い……なのかな？ にしてはやけにツンケンしてるような。小野さんの口ぶりから察するにつきまとわれていると推測するのが妥当か。

朝はともかく、普段は閑散としている昼休みの駐輪場にこれほどのギャラリーが詰め掛けるなんて、ただごとじゃない。

「日を改めると前置きはしたはずだよ？ 俺は女の子との約束を反故にする男じゃないからさ、こうして答えを聞きに来たんだ」

「ライブ配信の件でしたら、お断りでーす」

「だよね、あれは俺もないなと思った。じゃあ写真はどうかな？ 本音を言うとさ、司ちゃんクラスの女の子と一緒に写ってる写真なんかがあったら、俺もマイスタグラマーとして箔が付くから助かるんだよね。一回だけ、試しにさ」

「客寄せパンダになる気はないんで」

「ちゃんと報酬も払うよ？ そうだ、スタジオをレンタルして、校内三大美女の撮影という触れ込みで、写真をアップするのはどうだろうか。マイスタ映え間違いなしだ。それを俺がインフルエンサーとして拡散すれば、絶対バズる。いくらならいい？」

「いくらもなにも答えはノーですし。うちらもヒマじゃないんで」

とりつく島もないとは、このことだ。

しかし、マッシュ先輩もなかなかのツワモノ。このままでは埒が明かないと踏んだのか、意外にも次の矛先を僕へと向けてきた。小野さんの拒否は想定の範囲内というわけか。

「キミは？　えーっと、初めて見る顔だね。一年生？　名前は？」

目を細くして、まじまじと僕の顔を覗き込んでくるマッシュ先輩。

僕は、蛇に睨まれた蛙のように動くことができない。というより、あぐらをかいて座っていたのでそもそも動けなかった。

「二年の京坂京です」

「へえ。俺は三年の六条慶太。キミ、この三人とは仲がいいの？　友達？」

「あ、えっと、その」

友達になりたいとは言ってもらえたけど、友達と呼んでもいいのか、正直なところ自信はない。同情心と憐れみから、声をかけてくれただけかもしれないし。

「うちらの友達なんで、ダル絡みするのやめてもらっていいですか？」

僕の代わりに、小野さんが答えてくれた。

肋骨の奥がキュッと痛む。今のは、少し、いや、かなり嬉しかった。です、はい。

「誤解だよ。ダル絡みする気はないんだ。ただ彼にも交渉を手伝ってもらおうと、そう思っただけさ」

六条先輩は爽やかな笑みを浮かべて、僕の肩をポンと叩いた。その衝撃はさほど強くなかったけれど、得体の知れない何かを感じさせる。

一見して爽やかな好青年だからそのギャップは強烈で、これが本当の腹黒さというやつなんじゃないかと、そう思えた。僕がツマならこの人はイカ墨だ。

「どうでもいいけど、京坂から手をはなしてもらえます？」

「それな」

「京坂くんが困ってる」

烏丸さんと小野さんと醍醐さんがわかりやすく語気を強めて、六条先輩をキッと睨みつける。

なんだろうこの、女子に守られてる感は。情けないぞ京坂京。妹にこんな現場を見られた日には、お兄ちゃんの威厳など皆無に等しい。

「ああいや。悪気はないんだよホントに。実は沓涼高で密かに噂になってるバイト戦士くんの話を思い出していたところでね。そう京坂くん。キミ、ユーバーのバイトをしてるよね？　クラスの女子から聞いたんだ」

三年生の女子か。配達先でそれらしき人を見たような、見なかったような。

「そうですけど、それが何か？」

「ユーバーって確かシフト制じゃなかったよね？　どうだろ、この三人と同じだけの報酬を支払うからさ、キミも撮影の日にアシスタントとして協力してくれないかな？　日給で五万出すよ。もちろん交通費も、必要経費も、全部こっちで負担する」

「日給五万円⁉」

は、破格の報酬だ。

妹の学費を稼ごうと数多くのアルバイトに励んできたけど、ここまで高い日給で働けるバイトは経験がない。交渉のお手伝いをしてほしい、というのは単なる建前でもなく紛れもない本音なのだろう。

ぐぅ。さすがに心がぐらつく。迷うまでもなく飛びつきたくなる話ではあるけれど、僕はきっぱりとかぶりを振った。

「魅力的な提案ですが、僕は友達をないがしろにするような人間になりたくないです。だからごめんなさい」

三人がまったく乗り気じゃないのに僕一人がイエスと言うのは、根本的に何かが違う気がした。

「京坂はこの話を、魅力的だと思っちゃったわけ？」

「おけいはんそれは流石になくね？」

烏丸さんと小野さんが、揃って顔をしかめる。

魅力的は失言だった。友達よりも、お金を優先する人間だと思われてしまったかもしれない。まずい。このままだと、資本主義の犬的なイメージが定着してしまう。

ただでさえ妹に、「お兄ってたまに生活切り詰めることが目的になってもうてる主婦みたいな顔するよな」とか遠回しに揶揄されてるのに。

僕は節約して浮いたお金をブランド物のバッグにつぎ込んだりしないぞ。

あかりよ、お前が大学に行けるように。って、なに記憶の中の妹に反駁してるんだ僕は。

「ち、違うんだみんな。僕は、その、えっと、あの」

「落ち着いて京坂くん。わたしの顔を見て、深呼吸」

すーはーすーはー。醍醐さんの美しい相貌に見入ってしまい肩の力を抜くどころか、胸の鼓動が加速する。こ、これ、逆効果だと思うよ？

「なんだかなぁ。京坂はいつか闇バイトとかの勧誘に引っかかって、お巡りさんのお世話になっちゃいそうな気がする。心配だよ、私」

「え、闇バイト？　そんなのしないよ」

なるほど。烏丸さんの懸念点はそれだったのか。僕はてっきり、お金の亡者だとでも思われたものかと。

「だって京坂って、ちょっと抜けてるところあるし」

「わかりみ深すぎてウケる。天然系入ってんよね」

「千景に同意」

……三人とも、僕のことをそんな風に思ってたんだ。

「もちろん、闇バイトではないからね。あくまで俺は、自分自身のさらなる躍進につながるかもしれないチャンスを、手放したくないってだけさ」

と六条先輩。

「その足掛かりとなるのが、沓涼高のPR活動、ひいては校内三大美女との4ショット写真なんだ。どうかな京坂くん？」

「どうと言われましても。先ほどお答えした通り三人を裏切るようなことはできませんので、ごめんなさい」

僕は再び、深々と頭を下げた。

これ以上は話すことはないとばかりに、食べかけのお弁当箱を片付けて立ち上がる。

「キミはお金が欲しいんだろ？　効率的に稼ぐ方法があるのなら、それを試してみるべきだと思わないのかい？」

「……お金が欲しいわけじゃない。必要なだけです」

図星を突かれて一瞬ひるみかけたけど、僕は強い口調で否定した。

お金は欲しい。当然だ。お金があれば、あかりを大学に行かせてあげられる。

だけど、そうじゃない。そんな単純な話じゃないんだ。お金だけを追いかけてしまうと、きっと大切なものを失ってしまうから。

「行こうみんな。昼休みが終わっちゃう」

「そのつもりだったんだけどね、京坂のせいだよ？　心が揺れるって、多分こういうことなんだと思う」

その場に踏みとどまるようにして、烏丸さんが言う。

「えと、どういうこと？」

「んー……気が変わったってことかな。京坂がどうしてもってお願いするなら、この話、受けてもいいよ」

「わたしも協力する。京坂くんには社会見学が必要」

「ま、しゃーなし案件かー。そういうワケなんで先輩のテーアン受けてもいいですよ？　その代わり、撮影したら金輪際うちらには関わらないって約束してくださいね」

まさかの展開。烏丸さん、醍醐さん、小野さんの三人が、次々と六条先輩の提案に賛成していく。僕は呆気にとられることしかできない。

しかし、そんな僕の気持ちを置いてけぼりにして話はとんとん拍子に進んでいき。

「わかったよ。いい写真が撮れたら、もうキミたちにはちょっかいをかけないと約束する。今週の土曜日なんてどうだろうか？　時間と会場は後で連絡するよ。京坂くん、連絡先を聞いてもいいかな？」

「は、はあ」

勢いに呑まれて、スマホを取り出してしまった。

「じゃあ、今週の土曜日、みんなよろしくね」

そう言って、六条先輩は少し離れたところで待機していた三年生グループを引き連れて、駐輪場から姿を消した。

嵐のような出来事に、僕の脳内は疑問符で埋め尽くされた。

「みんな、どうして」

「あのキノコヘッドの口車に乗ったワケじゃないかんね？　おけいはんは妹ちゃんのためにお金が必要なんでしょ？　アタシら友達じゃん。なら頼ってよ」

「言いたいこと、先に司に言われちゃったけど。ま、私もそんな感じかな？」

「奉仕活動の一環」

三人が口々に言う。

僕はといえば、その温かさに圧倒されて、開いた口が塞がらない。

一度片付けたお弁当をまた広げる。おかずはもう冷め切っていたけど、誰も見返りを求めない無償の優しさを目の当たりにして、胸が熱くなった。

「京坂のお弁当美味しそうだね？　卵焼きと唐揚げと、あとアスパラのベーコン巻きをもらおっかな。お礼はそれで十分だよ」

「え？　僕のおかず全部なくなっちゃうんだけど」

「ほーら魔性の片鱗が。急に一線越えてくるから千景は」

「わたしと司は、千景みたいに恩着せがましいことは言わないから心配しないで」

「もう、二人してそういう情報操作やめてよね。京坂、冗談だから……」

「あー、えっと、うん。改めて、ありがとうみんな！」

きっかけが何かは判然としないけど、僕はあの校内三大美女から友達認定してもらったみたいで、なんだか嬉しくなった。

どうか、夢なら覚めないで欲しい……なんて思いながら、全力で頬をつねってみる。

イててッ！　この痛みはホンモノだ。

幕間　えげつないガールズトーク　１

　居抜き物件という言葉がある。

　家具や設備などの内装を、前の借主からそのまま引き継いで使用することができる物件のことだ。

　京都市伏見区の一等地に建つ、この３ＬＤＫのマンションの一室もそう。もともとマンガ界の巨匠・小野まち子先生の『仕事場』として使用されていたこの部屋は、まさに居抜き物件であり、当時の趣を残したままリノベーションされている。

　そして現在、その住居は彼女の一人娘である小野司に譲られ、烏丸千景、醍醐桜子を加えた三人の共同作業場と化していた。

「はぁ。最近、成長が止まり気味でさ。これって、Ｄの意志なのかな」

「どしたん急に？　修行パートにでも凸るん？」

「なお千景は、今年の定期健康診断が憂鬱なもよう」

「あーね。そもそもテン下げ案件じゃんあれ。オジサンの前で着脱するイベントとか、マジで羞恥プレイだし。てか、Dカップもあればジューブンじゃね？」

「まだ足りない。もうちょっとだけ欲しいよね」

「万年Aカップのアタシにケンカ売ってます？」

「べつに……そうは言ってないけど、Fぐらいはあっても困らないかなって」

「わたしはIカップ。圧倒的格差」

「桜子のは立派だよね。でも私だってDで美声もあるから。このナカで一番魅力がないのは司かなぁ」

「なんでアタシだけパラメータ低いみたいな流れになってるわけ⁉」

　三人はトライアングル状にテーブルをくっつけて、とりとめもない雑談に花を咲かせている。各々（おのおの）、作業に着手しながら。

「京坂（きょうさか）くんは巨乳派だと思う」

「んー、……京坂は美乳派じゃないかな？」

「そっかな。おけいはんってツルペタぐらいがちょうどいいってカオしてんじゃん」

「「それはない」」

「アレ？　このアタシの家のハズだよね？　いつのまにホームがアウェイになったん？」

　彼女たちが手掛けているのは、音声作品だったり、ギャルゲーだったり、同人誌だったりと、多岐に及ぶ。

様々なプラットフォームで配信されている、Vチューバーの動画作成なども手掛けており、同人サークル『メロウ』は、その業界では、かなり名の知れた存在だ。

全員が高校生であるにもかかわらず、すでに多額の収入を得ていることから、大学受験に怯(おび)えることもない。

その気になれば、一生遊んで暮らせるだけのお金は稼いでいる天才少女たち。

・ボイス担当の烏丸千景。
主な活動はASMR、Vチューバーの中の人、自作ゲームの声優。

・イラスト担当の小野司。
主な活動はジャケ作成、キャラデザイン、自作ゲームの作監。

・シナリオ担当の醍醐桜子。
主な活動はASMRと配信の台本、自作ゲームのシナリオ。

三者三様にそれぞれ得意な分野があり、またサークル外では『プロ』としても活動しているため、そんな三人が集まったのなら作業が捗らないはずがない。

隙のない役割分担で着々とプロジェクトを進めていくその様は、まさしく神がかっていると言えた。

時に罵り合い、喧嘩をすることもあるが、なんだかんだで幼稚園の頃からの仲。口では文句を垂れ流しながらも、根底に流れる感情は『親愛』である。

共同作業はもはや生活の一部ともいえるほどに定着していた。

平日の放課後は、ほぼ毎日、こうして三人顔を突き合わせているほどだ。

もっとも、今、彼女たちの話題の中心に挙がっているのは――クラスメイトの京坂京のことである。

「つーか桜子が男子にキョーミを持つって珍しくね？」

司が、ペンをくるっと回しながら、桜子に尋ねる。

「それは司も一緒。司だって異性に興味がないはず」

「まあねー。でもおけいはんは別かな。ヘンテコだけど可愛いじゃん」

「ん？　京坂って割と普通じゃない？　司の方が変だと思うけど」

「千景に同意」

「なんか二人とも、今日は辛辣じゃね？　前世でアタシに親でも殺されたん？」

司は不満げに、鼻を鳴らす。

「千景、ボイス台本のデータ送っといた。司は早くジャケットのイラスト描いて」

「了解だよ」

「スルーきたあ！　てか、イラストはこの前ラフあげたじゃんか」

「ラフに問題はない。千景が不満そうなことを除けば」

「んー、デザインは好みなんだけどね。マスクがないと、しまりがないっていうか。できれば顔半分は隠しておきたいかな」

「それだと前と似たようなイラストになるじゃん？　マスクは目許しか映らないから表情描き分けるのがメンドーなんだって」

司は不満を垂れながらも、液タブにペンを走らせる。

「レイヤーオンオフで対処して。千景は主観が入りそうだし、最後はわたしが二種類の表情を見て、決める」

醍醐桜子は、常に冷静沈着。そして合理的だ。

ラフだけならともかく、マスクのあるパターンとマスクのないパターンの着彩を平然と要求するあたり、絵師に対しての配慮はまったくないが。

「限界って超えていくものだよね？　休むのは腱鞘炎になってからにしてくれる？」

「うへぇ、もう手首がげーんかい」

「鬼かアンタは！　鬼畜！　悪魔！」

「千景は堕天使の末裔」

二人の野次には一瞥もくれず、液晶ディスプレイとにらめっこしながら黙々とシナリオ台本に目を通す千景。来月、ＬＤｓｉｔｅにアップ予定の、ＡＳＭＲ作品の台本であり、ボイス収録をする前に、誤字脱字、台本に不備がないか、チェックをしているのだ。

「桜子、パート９のところ、ちょっと声の抑揚がつけにくいかも」

「『私の舌長いから耳の中ぜんぶ舐め尽くしちゃうよ』のところ？　なら、『私の舌長い』のあとに『でしょ？』の疑問形で区切ると、ちょっと雰囲気変わるかも」

「んっ、んっン……。――私の舌長いでしょ？　耳の中ぜんぶ舐め尽くしちゃうよ――。うん、こっちかな。採用」

千景は実際に発声して、確認作業を行う。

桜子はキーボードをタイプして、台本に修正を入れていく。

「ふんがぁ……！　エロジャケ描いてっと、ムラムラしすぎてヤバたん！」

「あるあるだよね」

「わたしもシナリオ書いてると、たまに」

「ほえ～。桜子ってさ、そーゆーこと堂々とカミングアウトするタイプだっけ？」

「自分の欲望に忠実なだけ。司と千景だってそのはず」

「ま～ね。でも最近は推しカツも控えめかな。白羊の坊ちゃまぐらいだし、ガチ恋勢の心理って、やっぱよくわからんちん」

「推しかぁ、リアルでいいなら私はできたけど」

「マ？　千景って三次元の男は、マジ無理ゲータイプっしょ？」

「基本的にはね。でも私の推しはちょっと特別かな」

「まさかのガチ恋？　何カンケーで知り合った人なん？　同じ事務所の俳優さんとか？」

「べつに、好きとかそういうのじゃなくてあくまで推しだから。ヒントは妹さんのために必死で働いてる、健気で可愛い男の子」

「また京坂くんの話題に戻った」

「あー、なるね。おけいはんなら納得」

「いいよね、京坂」

「一年のときはクラスが違ったっていってもさ、アタシらってつい最近までおけいはんの良さに気付けてなかったワケじゃん？　むしろそっちの方にビックリしね？」

「京坂くんはレアキャラだから」

「あ、だよね。私も今おんなじことを思った。さすがは、私の桜子だ」

「千景のモノになった覚えはない」

「ふふっ、照れ屋さんなんだから」

「照れてないし、そのノリ嫌い。続けて。ちゃんと、オチまで」

「お、オチ？　……いじわるだなー、桜子は」

「懺悔なら聞く。聖職者ではないけれど」

「んー……恥ずかしいから、一度しか言わないよ？　……京坂を思い浮かべながら、その、ひとりでシちゃったの。そのあとは、もう罪悪感で死にそうだった……」

「そんなに悲観することなくね？　アタシら中学のときから創作一本だし、マトモな男子と話す機会とかなかったワケじゃん？」

「クリエイターは妄想に生きる人種。だからこそ、ネタにしやすそうな京坂くんに沼るのは仕方がない」

　千景と司と桜子は、しみじみとそんなことを語り合う。

　これが校内三大美女と呼ばれる、三人の女子高生の裏の顔。男子生徒とまともに話すこともままならない、残念な女子たちの実態である。

彼女たちは中学時代からクラスの中心にいて、その美貌から男子の注目を集めてきた。三人にとってそれは日常であり、もはや当たり前のことであった。

ただ、男というのは下心がすけすけで、見たくもない本性が垣間見える。

踏まえて、京坂京とのファーストコンタクトで三人は度肝を抜かれた。彼は未知の存在だった。異性に対して嫌悪感とまではいかないが不快感を抱いていた彼女たちにとって、彼は未知の存在だった。

「私さ、京坂がユーバーのバイトで家にきたとき、かなりラフな格好してたんだけど、京坂ってば……私の谷間をチラ見さえしなかったんだよ」

「それをいうなら、アタシなんかカラオケでわざとおっぱい押し付けてたのに、無反応だったしぃ」

「わたしと口を利いた男子は大抵、無言で逃げ出していく。だから京坂くんみたいな人もいるって、知れてよかった。それと、司の行為はグレーだから気を付けた方がいい」

三人は、つい最近の思い出話に花を咲かせる。

「司と桜子はさ、京坂のことが好きなわけ？」

「ん～、さっき千景もいってたじゃん？　好きとかそういうんじゃないって。アタシもそこは同意でさ、おけいはんってなんかこう、なんかこうさ」

「男の子として決定的なものが足りない」

「ソレだ！　男らしさ的な？」

「それが京坂のイイところでもあるんじゃないかな？」

「ちちち、プラスアルファっていうん？　例えばさ、おけいはんみたいな子が、グイグイ来てくれたらかなりのギャップ萌えじゃね？」

「司もたまには鋭いとこをつく」

「司、それいいね。すごくイイ。想像したら、ちょっと鼻血出そうになっちゃった」

「このエロ娘め」

「オタク女子の悪い見本」

「自覚はあるよ。……これ以上は倫理的によくないってこともわかってるつもり」

「ほほう。さてはおけいはんへの罪悪感から、キノコヘッドの提案をOKしたとか？」

「半分はそう。もう半分は本音かな。京坂に心を揺らされたんだよ……。お金のためじゃないって言い切った、あの真剣な表情にね。私が質問したときも間髪容れずに答えてた。妹さんのためって」

「土曜の件。さっき、京坂くんから連絡があった」

「んー、どういうこと？　桜子はいつの間に京坂と連絡先を交換したの？」

「アタシも交換シたけど、千景はしなかったん？」

桜子と司は、スマホ画面を千景に見えるように向ける。

「ホントにしてるし。……交換するならするでさ、私も誘ってくれればよかったのに」

「フツーに聞けばよかったくね？　待ち合わせ場所とかも決めなきゃだし」

「千景はそういうところ抜けがち」

「そうかもね。そうじゃないかもしれないけど」

「まま、そう、むくれんなし。あ、そだ。アタシがおけいはんに千景にもＬＩＥＮ（リアン）のＩＤを教えていいか聞いてあげよっか？」

司はニヤリと笑い、からかうような口調でそう問いかける。

「べつに……いい。自分で聞くから」

すねた様子で、プイッと顔を背ける千景。

司と桜子は顔を見合わせると、クスッと肩を竦（すく）めるのであった。

第二章　どす黒い陰謀と、白日の騎士

土曜日の早旦、僕は自宅の居間で妹と一緒に朝食を食べていた。

白米に納豆、しらすとネギの卵焼きにほうれん草のおひたしという和風な献立だ。

妹のあかりは上下ジャージ姿で、もごもごと口を動かしている。

「ん～、うんまぁ、なんやこれ！」

「まぁ、昨日の残り物だけどね」

「残り物上等やんか。こんだけ美味しくてボリュームあって節約もできるとか、ほんま一家に一台お兄やで」

「僕は未来からやってきた猫型ロボットかよ」

「そこまで便利やあらへん。てか、お兄もはよ彼女の一人でも作ったら？　家事とバイトばっかやってると、そのうちカビ生えてまうで？」

中学二年生になった妹は、ますます口が達者になっている。

「余計なお世話だよ。全国の主婦に謝れ」

「いや、お兄は高校生やん……ふつーの高校生はもっといろんなことするで？　うちのために頑張ってくれてるんは嬉しいけどやぁ、うちの幸せはお兄が幸せになってくれることやさかいホンマに無理せんといてな？　恋愛とかしてええねんで？」

「僕も良き妹をもてて幸せだ。最後の一言が余計だけどな」

「あ、バレた？　非モテいじりや。流石はお兄、ウチのことようわかっとるわぁ」

ケラケラとあかりが笑う。僕も釣られて笑みがこぼれてしまう。

「あ、せや、物置整理してたらさ、昔お兄が使こてた竹刀が出てきたんよ。あれ、どうする？　捨てとく？」

「まあ、そうだね。もう剣道はやってないし、あっても邪魔なだけかな」

「邪魔なことはないやろ」

「そう言うと思った」

「なんやそれ。ほな、やっぱ取っとこか、お兄の思い出やしな。久々に素振りでもしてみたら？　庭でやんのは恥ずかしいと思うし、家ん中でブンブンってさ」

「いや、それはダメだろ。壁に当たったら穴が空く。ただでさえうちの家、古くて隙間風もひどいんだから」

ここらを通りかかった小学生がうちを指差しながら魔女の館とか言っているのを聞いた

ことがある。一応、二階建ての一軒家なのだけど。

「それもせやな。ほんまオンボロやもんなぁ」

「ボロすぎて、たまに雨漏りもするからなぁ」

「たまにちゃうで、雨の日は絶対にしてんで」

「屋根の気持ちも、少しは考えてやってくれ」

ぷはっ、と、僕とあかりは同時に噴き出す。

兄妹(きょうだい)であれば当たり前のように思えるこの風景も、実は当たり前ではない。

中一の頃に母さんが他界して以来、しばらくは……我が家から笑顔というものは消えていた。だからこうして笑いあえることは、僕にとっても、あかりにとっても、かけがえのないひと時なのだ。心から笑えることが、どれだけ幸せなことか。

そして、それに気づかせてくれた妹を、僕は一生大切にするだろう。もしかしたらシスコンだと周囲にからかわれるかもしれないけど、それでも構わないんだ。

あかりの幸せが僕の幸せなのだから。

＊

昼前の、午前十一時半頃。僕は京都駅の八条口(はちじょうぐち)周辺に立っていた。

昨晩、小野(おの)さんから送られてきたメッセージに添付されていた待ち合わせ場所がここだったからだ。

本日は快晴で、駅前にはかなりの人出がある。

待ち合わせスポットの、あぶらとり紙屋さんの前で一人ポツンと佇(たたず)んでいると、聞き覚えのある声が僕の耳に届いた。声のした方向に振り返ってみれば、烏丸(からすま)さん、小野さん、醍醐(だいご)さんの三人の姿があった。

「ふぁぁ……お待たせぇ、京坂」

烏丸さんが眠たげで間延びした声を発しながら、右手をあげる。

私服姿を見るのは、部屋着を除けば今日が初めてだ。普段はストレートに下ろされている黒髪を頭の後ろで結った烏丸さんは、黒のトップスにグレーのロングスカートを合わせた、モード系ファッションに身を包んでいる。いつも通り黒いマスクで口許(くちもと)を覆い隠しているが、その整った顔立ちは隠しきれていない。

端的にいえばオシャレな美少女そのもので、僕は思わず見惚(みと)れてしまった。

「おはよう烏丸さん」

「おはよぉ、眠いよね」

「シャキッとしろし」

小野さんが、烏丸さんの脇腹を肘で小突く。

そんな小野さんの装いはというと、白のプルオーバーパーカーにミニのホットパンツという小悪魔的な出で立ち。パーカーの裾がパンツを少し隠していて、艶めかしい太ももが晒されている。ド派手な金髪は軽く結われており、よそ行きの格好という感じがして、制服姿とはまた違う眩しさにドキドキしてしまう。

「どうしたの京坂くん？　ボーっとして」

「あ、えと……僕もちょっと眠たくて。あれっ醍醐さん今日メガネはどうしたの？」

「メガネをかけてるわたしは、仮の姿。視力は裸眼でA判定」

「……伊達メガネだったんだ」

「そう。こっちの方が可愛いはず。どう？」

後ろ手を組み、僕の顔を上目遣いで覗き込んでくる醍醐さん。

メガネを外した醍醐さんの服装は、透け感のある白のシアートップスにパープルのキャミワンピを重ねた、涼やかかな格好。シンプルでフェミニンなコーデが、醍醐さんの美貌と相まって、家柄のいいお嬢様を連想させる。

胸元に実ったメロンも、育ちの良さの顕れではないのか、と考えさせられるもので、しかも、前屈みになっているせいで、その暴力的な二つの実がさらに強調されている。

僕は生唾を呑（の）み込みそうになるのを堪（こら）えて、平静を装った。

「すごく……いいです」

「素直でよろしい」

「つーか眠たいって、おけいはん何時にここ来たん？」

「三十分前ぐらいだけど」

「早いね京坂。私ギリギリまで寝てたよ」

「千景（ちかげ）は時間にルーズ」

「ホンそれ。けっきょく、アタシと桜子（さくらこ）が起こしに行ったし」

「目覚まし時計が鳴らなかったんだよ。てか、京坂の格好シンプルでよきだね」

「そう？」

僕はといえば、黒のテーラードジャケットに白のインナーを合わせている。

下は細身のジーンズでシンプルにまとめた、ユニシロ万歳なファッション。

庶民に優しい、安価で良質な服ブランドであるユニシロの愛用者は、若者を中心にかなり多いと聞く。かくいう僕もその一人で、もはや信者になりつつある。

「みんなもすごく可愛いよ。似合ってる」

僕は無難な褒め言葉を返した。

こういう時は余計なことを言わずに褒めておくのが最適解だろう。下手に具体的に褒めてもボロが出るだけだし、嘘にならないような言葉を選んでおけば間違いないはずだ。

まぁ、妹の受け売りだけど。

僕の称賛を受けた三人は、にっこりと微笑んでくれた。

お世辞抜きに可愛いし、周囲から「芸能人？」とか、「モデルさん？」とか、そんな囁き声もちらほらと聞こえてくる。

注目の的になっていることにいたたまれなくなった僕は「そろそろ行こうか」と三人に声をかけ、歩き出した。

目的地は六条先輩指定のレンタルスタジオ。

烏丸さんがタクシーを捕まえ、四人で車内に乗り込む。助手席に醍醐さんが乗って、僕は烏丸さんと小野さんに挟まれるような形で後部座席の真ん中へと腰かける。

「どちらまで」

「あ、えっと」

行き先を告げて、発進。

ドドド。と、心臓の音とエンジン音が鳴る。

女の子の匂いって、どうしてこうもドキドキしてしまうのだろうか。

甘くて、柔らかくて、いい香り。

普段タクシーなんて利用しない僕には、このセダンタイプの車がセレブ美女を送迎するリムジンのように思えた。

＊

広さ一〇〇平方メートルほどのレンタルスタジオに到着したのは正午過ぎ。

地下へと続く階段を、小野さんの先導で下りていき、廊下を進んだ先の広々したスペースに出る。フローリング張りの床。壁には大きなパネルミラーが横一面に設置されていて、三脚のカメラが何台も立っている。

スタジオにはすでに六条先輩と、関係者と思われる十数人の姿があった。その中には女性も何名かいて、和気藹々（わきあいあい）とした雰囲気を醸（かも）し出している。ここが陽キャの巣窟（そうくつ）か。

僕たちがやってきたことにいち早く気づいた六条先輩が、手をあげた。

「やあ、みんな。よく来てくれたね」

「今日一日お世話になります、六条先輩」

「アタシら長話をしに来たワケじゃないんで、さっさと終わらせましょう」

小野さんがぶっきらぼうに言い放つ。

「そうだね。キミたちの時間を俺が独占するのは申し訳なくもあるし、早速始めようか」

六条先輩が僕たち四人を手招きする。彼に促されるままスタジオに入り、どういうふうに撮影を進めていくのか、段取りと決まり事を詳しく教えてもらう。

詳細その一。

今回の撮影では、更衣室をメイクルームに見立てているらしく、そちらは女性以外立ち入り禁止とのことらしい。つまり、お化粧直しなど、三人のお世話をするのは六条先輩が招集した女性スタッフの方々ということになる。

配慮が行き届いているな、と、ちょっぴり感心。

詳細その二。

逆に男性陣は、スタジオの一番端っこにある扉から出入り可能な会議室を休憩ルームにしていて、水分補給など、自由に使用して構わないそうだ。

詳細その三。

撮影は三回に分けて行うらしい。初回である一回目の撮影がお昼過ぎに開始で、休憩を挟み、午後二時から二回目、午後三時から三回目を撮る予定になっているようだ。休憩の間にお昼ご飯を摂ることもできるし、着替えやメイク直しの時間に当てられるとのこと。

昼集合の夕方解散で報酬が五万円。破格だ。今日の献立は節約飯ではなく、すき焼きにして、父さんとあかりにうんと美味しいものを食べさせてあげよう。と、そう思った。

詳細その四。

スタジオのセッティングや備品の管理は六条先輩が責任を持って行い、僕たちは一切ノータッチでいくという取り決めになっている。

六条先輩は、これらのルールを僕たち四人に教え終えると、壁際に設置されたパイプ椅子に腰掛けた。

「何か質問はあるかな？」

「撮影にそんな時間をかけるヒツヨーってあります？」

「司ちゃんは素人だから、わからないんだね。モデルの良さを十全に引き出す写真を撮るのには、かなりの時間を要する。俺はプロとして、この撮影に時間をかけるのは道理であると考えているよ」

モデルの良さ。果たしてそれは、被写体の魅力によって生まれるものなのだろうか、あるいはカメラマンの腕によって生まれるものなのか。そもそもこの人はプロなのか？

とそんな疑問が脳裏に浮かんだけれど、口にはしない。

僕のような正真正銘の素人が口を挟んでいいような話題ではないし、きっと彼はプロとしての自負があるのだろうから。

「ま、理由があるならソレでいいです」

「そう言ってもらえてなによりだ」

小野さんが納得し、六条先輩が満足気に頷いた。

「さて、ではこれから撮影を始めたいと思う。京坂くんは俺についてくれ」

「はい」

「三人はメイクルームで準備を。今のままでも十分に可愛いから、軽く調整してくれればそれでいい」

「メイクルームはこちらでーす。どうぞー」

女性スタッフが三人をメイクルームへと案内する。

僕はというと、六条先輩の指示通り、彼の後についていった。

「あの、先輩。あそこに立ってる人は何をしてるんですか？」

「ん？　ああ、諫山のことか」

スタジオの出入り口に突っ立っている、大柄な男子。ゴリラみたい。

多分、沓涼高の三年生だと思う。

筋骨隆々の身体にスポーツ刈りという威圧的な風貌で、じっと腕組みをしながらスタジオ内を睨みつけているその姿に、僕はちょっとした違和感を抱いた。

「ほら、最近は物騒なニュースも多いだろう？　そんなわけで出入り口に用心棒として立たせているんだ」

確かに、そんなニュースを見たかもしれない。

若者が時計屋を襲って金品を強奪したり、教師が女子生徒を盗撮して脅迫したり、現実味を帯びない事件が立て続けに発生している。物騒な世の中だ。

だけど、このスタジオ内でそんな危険な事態が起こり得るのだろうか？

そんな僕の疑問を見抜いたかのように、六条先輩は言葉を続けた。

「万が一ってこともあるからね。もし不審者が入ってきたら、諫山が容赦なく取り押さえてくれる。やつにはあのガタイと格闘技経験もあるからね」

「なるほど。わかりました」

そんなこんなで撮影は順調に進んでいき、一度目の撮影が無事終了。

手始めに、烏丸さん、小野さん、醍醐さんの3ショットが撮られた。

三人とも本職のモデルさんのような、自然な表情とポーズを瞬時にとっていたように思う。

途中、烏丸さんがマスクを外すか外さないかで十分ほど揉めたけれど、絶対に外さないという本人の強い意志を尊重して、そのまま続行。

僕はスタジオの隅で機材を運びながら、彼女たちの姿を眺めていた。

写真はどういう風に仕上がるのだろうか、とか、素朴な疑問を抱きながら。

それからしばらくして、休憩時間に入る。

「京坂くん、少しいいかな？」

三人の姿を遠目に眺めていた僕に、六条先輩が声をかけてきた。

「休憩が終わり次第、司ちゃんたちには撮影用の衣装に着替えてもらう予定だ。女の子の着替えは長いものだからね、その間に少し打ち合わせでもしようか」

「わかりました」

機材の片付けを他の人に任せて、僕は六条先輩と共に会議室へと場所を移す。

折りたたみ式の長テーブル。パイプ椅子が八脚。テーブルの上には、お菓子やペットボトルのお茶が用意されていて、完全に休憩所として活用できる様相を呈している。

「打ち合わせって、何についてですか？」

僕はパイプ椅子に腰を下ろし、向かい側に座った六条先輩に話しかけた。

「まあ、その前に一息ついた方がいい。お茶でも飲みなよ」

「ありがとうございます。いただきます」

緑のラベルのペットボトルを受け取る。

キャップを捻り、緑茶を喉に流し込む。ん？

ただそれだけの動作に、自分でも不思議なぐらい『違和感』をおぼえた。

「次の段取りなんだけど、今度は俺を含めた四人で撮影するから」

「あ、すみません、少しお待ちを」

僕はジャケットの内ポケットに忍ばせておいたボールペンとメモ帳を机の上に置く。

六条先輩は僕が急にメモを取る姿勢をとったことに驚いたようで、苦笑を浮かべた。

「アナログだね。スマホでメモを取ればいいのに」

「スマホは便利ですけど、手書きの方がしっくりくるので」

「まあいい。それじゃあ次の段取りについてだけれど——」

十数分ほど、打ち合わせが続き。

「おや、どうしたんだい京坂くん？　目がトロンとしてるよ？」

「え……あ、すいません」

六条先輩から指摘された僕は慌てて目を擦り、口元を拭った。

意識に霞がかかっているような気がする。そんなことを考えている間にも、僕の身体は、テーブルに突っ伏す寸前にまで傾いていって……。

「どうやらお疲れモードみたいだね。あの三人には俺の方から伝えておくから、京坂くんは少し休むといい」

「待っ……」

待ってください。その言葉を口にする前に、六条先輩は椅子から立ち上がり、会議室から出て行ってしまった。

なんだ、これ。六条先輩からもらった緑茶を飲んだ直後から、少しずつ意識が曖昧になっている気がする。嫌な予感がする。ずっと引っかかっていた『違和感』が、ここに来て急速に膨れ上がっていく。このまま眠ってしまうのは、駄目だ。

眠ってしまうわけにはいかない。いけないんだ……けど……。

身体から力が抜けていき、瞼を開けていられなくなっていき……。抵抗できない強烈な眠気に襲われた僕は、そのままテーブルに突っ伏した状態で瞼を閉じたのだった。

意識を手放す直前。右手に握ったボールペンの感触だけが、僕を現実に繋ぎ止める命綱のように思えた。

＊

数分後。

「完全に眠ってやがる。睡眠薬入りのお茶、効いてるな」

「当然だ。俺が用意した即効性だぞ」

「さすがは慶太だぜ。オマエこういうことにまったく躊躇しなくなってきたよな」

休憩室に、二人分の声が響く。

京坂京は起きる気配がない。

………とでも、思い込んでいるのだろう。

そうは問屋が卸さない。咄嗟の思い付きだったので少々手荒になってしまったけど、『違和感』の正体を探るためにボールペンを腕に刺して無理やり意識を明瞭にさせたのだ。

故に自傷行為ではない、ということだけはご理解いただきたい。

そんなこととはつゆ知らず、会話は続く。

僕に薬を盛った目的はなんだ？　まずはそれを知る必要がある。

「こんな冴えない野郎が、どうしてあの校内三大美女に気に入られてんだか、オレにはさっぱりわからないぜ」

「俺もさっぱりさ。だが、そのおかげで警戒心の強い三人を、こうしてスタジオに連れ込むことができたんだ。その点だけは感謝しないとな」

「そういやオレ、この前の秘蔵映像まだ見てねえんだけど」

「データはそこのノートPCに入っているぞ」

片方は軽薄そうな男の声で、もう片方は六条先輩と思しき声だ。

「おほぉ、すっげえ」

「下品なやつだ。可愛い女の子の羞恥を楽しむのがこの動画の良さだろう」

「お前、こういう子たちをどうやって連れ込んでるんだ?」

「裏垢同士で繋がってるやつさ。撮影って名目で募集をかければ、承認欲求を満たしたい女がホイホイ湧いてくるんだよ」

「なるほどねぇ。んで、今回のターゲットはあの校内三大美女ってわけか」

……ターゲット?

「ああ。今までの女とは比べ物にならないほどの、上玉だけどな」

「ぎゃははっ。眠ってる間にひん剝いて、その高貴な身体とやらをたっぷりと楽しませてもらおうぜ。でも、まだ一滴もお茶を口にしてないんだろ、あの三人」

「次第にその警戒心も解けていくさ。そのために、身の回りの世話を麗良たちにやらせてるんだからな」

……………………。

ものの数分で、六条先輩の印象がガラリと音を立てて変わっていく。

「どのみちお前は今回、外回りだよ勇志(ゆうし)」

「はぁ？　な、なんで俺が」

「じゃんけんで決めたじゃないか」

「うへえ。忘れてた……。ここまできてそりゃねえぜ」

「まあそう言うな、地上の見回りだって重要な役目だ。それに４Ｋカメラで撮影すれば細部までしっかりと高画質で記録できる時代なんだ。あとで好きなだけ拝ませてやる」

「へへっ。それはそれでそそるもんがあんな」

「だろ」

「うし、なら行ってくるぜ」

「待て勇志。お前、外回りの役は初めてだったな？」

「おう」

「一から説明してやるからよく聞け。まず地上で何かあった時の連絡手段はＬＩＥＮ(リアン)電話を使え」

勇志と呼ぶ男を呼び止めた六条先輩は、一呼吸置いたのちに説明を続ける。

「ここは地下だからワイファイでLIEN電話を使うことができてもキャリア電話は使えない」

……。

「体質によっては薬が効きにくい女もいるからな。万が一の事態に備えて一一〇番通報できないよう、地下のスタジオをレンタルしてるんだ」

「出入り口には諫山を配置してるし、女が暴れて逃げ出そうとしても、まず大丈夫ってわけだ。全体像を把握しといた方がお前もスッキリするだろ？」

「はぇえ。なるほどなぁ。用意周到なこって」

確かによく練られている。

六条先輩、いや六条の口ぶりから推察するに、きっとこの男は常習犯なのだろう。

一刻も早く三人のもとへ駆け付けたいところだけど、もう少しだけ情報を引き出しておきたい。六条と勇志と呼ばれた男の会話は、現在進行形で『スマホで録音中』だ。

僕はそのまま狸寝入りを続行する。

「ついでに、もう一個だけ聞かせてくれ。あの三人は警戒心が強いんだろ。眠ってる間にイタズラするにしても、その後バレないもんなのかね？」

勇志と呼ばれた男が疑問を投げかけると、六条は鼻で笑った。

その笑い方には、確かな自信が感じられる。

「その為に、人身御供を用意したんだ。眠ってるそこの彼にすべてを押し付ければ、俺たちは労せずして美少女三人にイタズラし放題ってわけさ。麗良や万里香たちの証言も加われば、それこそ——彼の人生は破滅だな」

「ぎゃははっ、えっぐ。ホント、慶太って鬼畜だよな」

「おいおい、策士と呼んでくれよ」

なるほど、今、すべての『違和感』の謎が解けた。

そういうカラクリだったのか。電話が繋がらない地下のスタジオ。男女別々の休憩室。出入り口に立たせていたゴリラのような男。開封済みであることがわかる緩んだペットボトルのキャップ。そして、僕という生贄。

勇志という男が部屋から退出し、この場に六条と二人だけになったところで、状況を整理した僕は、ゆっくりと椅子から立ち上がった。

「ぜんぶ聞かせてもらいましたよ」

「ッ⁉」

蘇(よみがえ)った死人でも見たかのような声を上げ、六条はビクンと肩を震わせた。

「……ななな、なぜ起きている⁉　キミは睡眠薬で……眠ったはずだ！」

「痛かったですよ。ボールペンでぶすっとね、自分で腕を刺したわけですから」

僕は持っていたボールペンをジャケットのポケットに戻しながら、ニヒルに微笑(ほほえ)む。

「きょ、京坂(きょうさか)くん……話せばわかる」

もう遅い！

僕は長机の上に身を乗り出し、迷うことなく前進する。

一歩、二歩、三歩。

と助走をつけ、そのままの勢いで六条へと飛び掛かった。

「うおおおおおおおおおおおおおおお‼」

「ぐわぁぁぁぁぁ……‼」

とび蹴り（ライダーキック的なアレ）を受けた六条は悲鳴と共に椅子ごと後方へと倒れ込んだ。倒れた拍子に頭を強く打ち気絶したのか、そのまま動かなくなった六条を横目に、会議室の扉を開く。

ここは邪悪の巣窟(そうくつ)だ。

どす黒い陰謀が渦巻くこの場所から、三人を助け出さなければならない。

今この瞬間が事実上の背水の陣になったことを認識しつつ、僕は更衣室の方へと駆け出す。スタジオの構造的に、更衣室は一番奥に配置されている。

とにかく走れ。とにかく前へ。たくさんの視線を感じながら。その目がいつ牙を剝くかもわからない恐怖の中で、僕は目的の場所まで走った。

「みんな！」

「ちょ、ちょっとあなた。ここは女性以外立入禁止よ！」

「どけ」

六条の協力者と思しき女狐たちの制止を振り切って、室内へと踏み込む。

更衣室のなかには、まさに今撮影用の衣装に着替え中の三人の姿があった。本来ならば、顔を背けて即座に退出すべきところなのだろうけど、そんな余裕はなかった。……まずい！

「それを飲んじゃダメだ‼」

今まさに、キャップを開けようとしている烏丸さんから、やや強引にペットボトルを奪い取り、床に投げ捨てる。ダンッ！　と、鈍い音が鳴った。

烏丸さんはもちろんのこと小野さんも醍醐さんも、何が起こっているのかがわからないといった様子で、唖然とした表情を浮かべている。当然の反応だ。

「ど、どうしたの京坂……？　怖い顔して」

口許と胸部を手で隠しつつ、烏丸さんが不安げな声を漏らす。

「ごめん……みんな、よく聞いて。六条が用意した飲み物の中に睡眠薬が入っていた。この通りボールペンで腕を刺して、なんとか意識を保ってる状態なんだ……」

ジャケットの袖をまくり黒ずんだ傷跡を見せると、三人は固まった。

「長居をするのは危険だ……詳しい事情は後で説明するから、僕を信じてついてきて欲しい」

無茶苦茶なことを言ってる自覚はある。こんな説明でついてきてくれるはずが――

「オーケー、おけいはん。だいたい察した。キノコヘッドのクズがマジのゲスで、アタシらによからぬことシようとしてるって解釈で……ファイナルアンサー？」

「――え、あ。うん……ファイナルアンサー」

「京坂のこと信じるよ……でも、それが本当だとすると、怖いな……どうしよう」

「だ、大丈夫。落ち着いて行動すれば。僕がみんなを守るから」

今にも泣き出しそうな烏丸さんを、励ますように説得する。

「うん、信じる……腕、痛かったよね？」

「ううん。これぐらい、なんてことないよ」

僕は安心させるように笑ってみせた。

その甲斐もあって、烏丸さんの瞳にも徐々に光が戻ってくる。

「私たちはどうしたらいい？」

「上まで走る。でしょ？」

と、物わかりの良い醍醐さんが補足してくれた。

流石だ。冷静かつ的確な判断である。って……いつまでみんなの下着姿を眺めてるんだ僕は⁉　三人に背を向け、ここから抜け出すイメージを膨らませる。

とにもかくにも地上へ出なければ、この危機を脱することも警察に通報することもできない。問題はこのスタジオの出入り口を塞いでいる、あの諫山というガタイのいい男だ。力業で強引に突破することはほぼ不可能。なるはやで身支度を整えた三人と一緒に更衣室を飛び出すと、「諫山ぁ……そいつらを止めろ‼」と叫ぶ六条の声が響いた。

頭を押さえながら会議室から出てきたゲス野郎の最後の頼みの綱は、やはりあの諫山という男らしい。スタジオ内がざわつく。

「京坂……」

「京坂くん」

「言ったでしょ。大丈夫、僕を信じてついてきて。正面突破する」

「お、おけいはん、あのゴリラみたいな男をどうやって突破するん？」

「任せて」

僕はみんなの一歩前に進み出て、ゴリラ男を見据える。

「へへっ。なんだもやし野郎？　この俺とやろうってのか？」

「あんたがパンチの打ち方を知ってるとは思えないけどね？」

「ぁん？」

「耳が悪いのかゴリラ野郎？　殴ってみろって言ってるんだ」

「こ……コロされてェのかテメエ！」

安い挑発に、ゴリラ男が苛立っているのは明らかだった。

「ごたくはいい」

時間もない。

「来ないならこっちから行くぞ」

僕は床を蹴り、一直線でゴリラ男に突進する。

「なめんなゴるぁッ！」

拳を握り込み、大きく振りかぶってくる。

速いな。だけど僕の方が速い。

セシウム原子が九一億九二六三万一七七〇回振動するのに要する時間――およそ『一秒』の間に、僕の脳みそに膨大な量の情報が流れ込んでくる。

小学一年生から中学一年生まで剣道を習っていた僕は、アナクロニズムな厳しい先生にみっちりとしごかれ、時代に逆行したスパルタ稽古を経験した。

そんな道場だから、やめていく人の方が多かったのだけど、なかには剣道を本気でやりたいという子供もちらほらいて――僕も、剣道に打ち込んで、打ち込み続けて、気がついたときには、道場の中で誰よりも強くなっていた。

全国大会でも結果を残せるようになった頃。母さんが他界したのを機に剣道はやめた。

でも、先生の教えは今でも心の中に強く刻まれている。

『京よ。目を養え。相手の動作を読み、どこを狙ってどう打つべきかを常に考えろ』

――これは、その教えに従って導き出された答えだった。

竹刀、またはそれに類するものを持たない丸腰の僕では、ゴリラ男と取っ組み合いになった瞬間に、確実に力負けしてしまう。

なにせ僕は非力だ。だからパンチを打ってもらう必要があった。

ポイントは拳を繰り出すときに踏み込む一歩。鍔迫り合いでぶつかる瞬間に相手を崩す要領で身体を当てれば、ゴリラ男は自らのモーションの勢いを殺しきれずにバランス感覚を失うだろう。

そう踏んだ。

「なっ……あ⁉」

ゴリラ男は大きく前につんのめり、床へと派手に転倒する。

「走って！」

僕がそう叫ぶと、みんなが一斉に走り出した。

「な、何やってんだ、諫山ぁぁぁぁぁあああ‼」

そんな怒声が背後から聞こえたけど振り返らない。そして僕たちは地上まで全力疾走してスタジオを後にしたのだった。

地上はまだ明るく青空が広がっていた。

ビルの合間から覗く太陽に目を細めながら、僕は息を整える。

「……はぁ、はぁ、ごめん、みんな。謝らなければ……いけないことがたくさんあるんだけど、まずは息を……整えさせて」

息が上がって、まともに喋れない。睡眠薬のせいで頭がぼおっとするし、全身が鉛のように重い。ようやく呼吸が落ち着いた僕は、三人に向かって頭を下げた。

彼女たちを危険に晒してしまったから。

僕が六条の話になんか乗ってなければ、こんな事態を招かずに済んだのに。

本当に。本当に。申し訳ない気持ちでいっぱい、いっぱいだった。

そんなことを思った矢先——三人は、目にいっぱい涙を溜めながら、僕に抱きついてきたのだった。

＊

今回の事件の顛末について、僕から語れることはそう多くない。

僕たち四人は交番に駆け込んで、スタジオで起こったことをすべて警察に通報した。

眠ったふりをしながら六条の会話をスマホで録音していた僕は、その音声データを証拠として提出した。

未遂ではあったものの女性三人を睡眠薬で眠らせていかがわしいことをしようとした、という動かぬ証拠。加えて、ものの数十分前に起こった出来事ということもあり、できるだけこと細かに状況を説明できたことが真実味を補強したのだろう。僕たちの訴えは無事に受理されて、六条とその取り巻きたちは洩れなく警察に身柄を確保された。

ここからは裏話のようなものになるのだけど。

六条の父親は、僕でも知っているような大手芸能プロダクションの社長だったらしく、やはり、ドラ息子でも刑務所には入れたくないと思ってしまうのが親心というものなのだろうか、三人に莫大な示談金を支払うことで話しがついたらしい。

当初は『お金なんていらない』と、頑なに示談を拒んでいた三人であったが、ここでオトナの事情が働いた。

それは、醍醐さんの存在だ。

醍醐さんは京都で一、二を争うほどの名家の娘であるらしく、地元で名の知れたお嬢様が何かしらの事件に巻き込まれたということが公になるのを避けるため、最終的には示談金の受け取りに応じたという。

烏丸さんも小野さんも異論はなかったそうだ。なんとも、友達想いな行動だ。

僕は正直、釈然としていない。

お金で解決できてしまう問題なだけに、こういった事例は後を絶たないのではないかと。

六条の余罪もすべて執行猶予という形で闇に葬り去られて、これからも同じようなことが繰り返されるのではないか、と。

ともあれ、六条慶太とその取り巻きたちは退学処分となり。

沓涼高生たちは何かしらの憶測や噂話を交えながらも、それが校内三大美女を狙ったものだという真実に気づくことなく、事件は終幕を迎えたのだった。

諸々の事後処理が済んだあと、僕はというと――。

あれ以来、三人との距離が縮まって、よく話すようになった。

放課後、遊びに誘われることも多くなったのだけど。やはり僕の根底にあるのは、あかりを大学に行かせてあげたいという、なによりも優先すべき目標だ。

バイト、バイト、バイト。

勉強に励むのは元より、僕の日常にそれ以外の項目はほとんど組み込まれていない。

だから三人に対して、本当に申し訳ない気持ちでいっぱいなのだけど、どうしても誘いを断らないといけない場面が多々あった。

それが、ただただ申し訳なかった。

今も昔も、不器用な人生。

だけど、少しずつ変わってきた部分もある。

こんな僕にも、手を差し伸べてくれる人たちが、現れたのだから。

幕間　えげつないガールズトーク　2

「んんぅぅぅぅぅぅう……はぁぁぁ……ぁ……ぁぁぁぁ、京坂……京坂……京坂ぁ、もう好き、好き好き、大好き……」

小野司の自宅兼三人の共同作業場でもあるマンションのリビングにて、烏丸千景はクッションを抱きかかえながら悶えるように脚をバタバタさせていた。撥水加工のカウチソファーが、千景の両脚に蹴られまくって、ギッシギッシと悲鳴を上げている。

「あれは何？」

「なにって、ここ最近ずっとあんな感じじゃね？」

「どう見ても悪化してる。軽い重症」

「おーい千景。気持ちはわかるけどさ、ちょっとは餅つきなよ」

「これが落ち着いていられる？　京坂、あぁーんもう！　もう！」

クッションを抱きかかえたまま千景が叫ぶ。かと思えば、むくりと起き上がって頬を上気させたまま、遠い目を作って天井を見上げている。

「まーた、トリップタイムに突入してんじゃん」

「あれは妄想の京坂くんとキスをしてる顔。この前は二十秒くらいしてた」

「京坂はさ……かわいくて、カッコよくて、優しくて……あとなんかいい匂いがした。ふふっ、柔軟剤の香りかな」

「いやあれ、ハグッたときのニオイを思い出してるんじゃね？」

「重い重症。現実と妄想の区別がついてない」

司と桜子はやれやれといった様子で、首を横に振った。

「ねぇ。司、桜子……。私、もうガマンの限界かも」

「どしたよ？」

「どしたの」

「京坂をさ、私のモノにしたいんだよね」

どこかうっとりとした様子で、千景が言う。

この三人の中で、一番恋愛ごとに興味がないのが千景だったはずなのだが、どうやら、京坂京への恋心は相当なモノらしい。かくいう司と桜子も、先日の一件があってからは、千景同様、京に並々ならぬ関心を寄せている。

「アタシだってそーしたいけどさ、今んとこキッカケゼロじゃね？」

「バイトバイト……バイト……。なんなのそれ。どうして、もっと青春を楽しもうとしないのかな？　少しくらいは遊びたい年頃でしょ！」

クッションを放り投げながら、千景が駄々をこねる。

「おけいはんは妹ちゃんラブなワケだし、しゃーなし案件じゃね？」

「だから指をくわえて見てろって？　……らしくないね、司。てっきり私は、司も京坂のことが気になってるのかと思ってたけど、そうじゃなかったんだ？」

「グイグイいくだけが恋愛じゃないと思うワケよ、アタシは。おけいはんを困らせることになったら、それこそ元も子もないじゃん？」

「それはそうだけどさ……私は一歩でもいいから距離を縮めたい。京坂のことをもっと知りたい。私の知らない京坂を……」

「打開策が、ないこともない」

デスクの上で両手を組んだ桜子が、ゲンドウポーズで言う。

「ママママ？」

「桜子、それ本当？」

「嘘(うそ)はついてない。これまでの京坂くんの行動パターンを分析して、わたしなりに一つの結論を導き出してみた」

「それが本当だとしたら、世紀の大発見だけど……。聞かせてくれる桜子？」

「ワッツ？」

「わかった」

桜子は小さく頷くと、淡々とした調子で説明を始める。

「ずばり、京坂くんはバイト命。その背景には家族を支えるためにお金を稼ぐという使命感がある。なら、働いてお金を稼ぐという構図そのものをすり替えればいい」

「ンにゃ？　どゆこと？」

「んー……難しいよね。もっとこうさ、簡単に説明して欲しいかな」

頭の上に疑問符を浮かべている千景と司に目配せしながら、桜子は続ける。

「要は京坂くんをわたし達のサークルに勧誘すればいい。働きに応じてお給金を支払えば自然に接し続けられる環境の出来上がり」

桜子の説明を聞いた二人は、弾かれたようにソファーから立ち上がる。

「うん……うんうん！　流石は私の桜子だ。天才だよ、このひらめきは」

「千景のものになった覚えはない」

「いいじゃんいいじゃん！　ユーバーのバイトなんか目じゃないぐらいの厚待遇で迎えてあげてさ、おけいはんとウィンウィンのカンケー作ろーじゃん！」

「喜ぶのはまだ早い」

興奮する二人に向かって、桜子が釘を刺す。

そのままメガネのブリッジを中指で押し上げながら、

「わたしたちが創作してる作品の中にはアダルト向けの物だってある。全年齢版にしたって厳しい目で見られがちな同人の世界。京坂くんがわたしたちのジャンルに理解がなければ、敬遠される可能性も十分考えられる。そのへんの摺り合わせは、念入りにやらないとダメ」

真剣な口調で言う桜子に、司と千景も表情を引き締めた。

「だよね。やるよ私、どんな手を使ってでも」

「おやおや千景の魔性が火を噴くのかにゃ？」

「なんでもいいから。さっさと作戦会議する」

どうやら決意は固まったようだ。京へのアプローチを次の段階へと進めるべく、校内三大美女と呼ばれる三人は、それぞれの想いを胸に行動を開始するのだった。

第三章　ヒモの胎動

四月も下旬に入り、桜の花が散り始めた。

なんとなく今年の桜が散るのは、名残惜しい気がする。ゴールデンウィークが間近に迫っているので、校内の雰囲気もどこか浮足立っている。

学校によってはGWは連休じゃなかったりするらしいのだけど、沓涼高は四月の二十七日から二十九日、とんで、五月の三日から六日と、概(おおむ)ねカレンダー通りの連休だ。

任意補習にバイト、プチ旅行にデート。

生徒たちが思い描く予定は様々だろう。

ちなみに僕、京坂京のゴールデンウィークは予定が詰まっている。

前半の三連休はもちろんバイト。

後半の四連休は、父さんとあかりと家族でお出かけだ。

うちは貧乏だけどキャンプならお金をかけずに楽しめる。左京区の花背(はなせ)ってところにある山の上で、三泊四日のキャンプ旅行の予定だ。

楽しみだなぁ。なんてことを思いながら数学Iのノートを取っていると、烏丸さんがチラチラとこちらを見ていることに気が付いた。

目と目が合うと、そっぽを向いて教科書に視線を戻す。

ここんとこ、ずっとこんな調子だ。僕が何かやらかしてしまったのだろうか。心当たりがまったくないので余計に困る。二人きりの時は、ぐいぐい来るイメージがあるんだけど。

駐輪場とか。

屋上とか。

体育館脇とか。

人気(ひとけ)のない場所で、お昼ご飯を食べる僕のもとに、烏丸さんは顔を出してくれる。

たまにお菓子を持ってきてくれたりして、昼休憩があっという間に終わってしまうこともしばしばだ。でも教室だと綿菓子のような表情を浮かべて遠目に見つめてくるだけ。

やっぱりどこかおかしい気がする。

四限はロングホームルームの時間を使った、席替えだった。

基本的に、どこの学校でも、新学期が始まってからの一回目の席替えは四月の下旬にあるらしい。

クラス替えの直後だと、人間関係がまだ出来上がっていないから揉(も)めることが多いらしく、そういうケースも踏まえた上で、少し時間を置いてから席替えを行うのだそうだ。

僕は友達がそう多い方じゃないし、席替えで右往左往するタイプでもない。なので、クラスメイトが次々にくじを引いていくのをどこか他人事(ひとごと)のように眺めていた。

「吉岡(よしおか)オマエ何番？」

「七番。いっちゃん前の席だわ。だっりぃ」

「おわ、惜っしいな。まあそう簡単に六番は出ねえよ。窓側一番後ろに加えて、五番と十一番と十二番はほれ。オマエもう一生分の運を使ったんじゃね？」

「ひとつ違いで使い果たしちゃう俺の運っていったい……」

前の席の吉岡君と、その隣の丸山(まるやま)君が嘆きながら、くじの番号を見せ合っている。

男子は是が非でも六番のくじを引き当てたいらしく、僕も吉岡君たちに倣(なら)って黒板に貼られた座席表を見てみた。

なるほど。五番が烏丸さんで、十一番が小野さん、十二番が醍醐(だいご)さん。校内三大美女に逆L字の形で囲まれるという、まるで神さまが仕組んだ席順みたいだ。

まぁ、僕はどこでもいいんだけど。

住めば都というように、どこに座ったところで、僕には大した影響はない。

「次、京坂くん、前に出てきて」

学級委員長の御陵さんから声がかかって、くじの入った箱の前に向かう。

教壇の上に置かれた箱からくじを一枚引き、折りたたまれた紙を開く。

「何番だった？」

「えーっと、あ。六番だ」

「えぇ⁉」

「マジかよ……よりにもよって京坂かよ！　京坂かよ！」

その、大事なことなので二回言いましたみたいなのやめて欲しいんだけど。

「そこの二人うるさい。はい、次の人」

全員がくじを引き終わると、新しい席に移動し始める。

僕も、机を運ぼうと持ち上げたところで、烏丸さんがにへらっとした笑みを浮かべていることに気がついた。マスク越しのその笑顔が無性に可愛くて仕方がない。

杞憂だったのかな。僕が何かやらかしたとかじゃないみたいだ。

そんなこんなで、くじ引きで決まった席に、パイルダーオン。

「おけいはん、授業中にアタシに見惚れちゃや〜よ」

右斜め前の席から、小野さんのからかうような声が飛んでくる。

「それは難しいかも——って、あっ……ごめん」

しまった。つい本音がもれてしまった。

「……そ、そこで謝んなし。こっちがハズいから……」

小野さんは自分の髪の毛をいじりながら、照れくさそうにそっぽを向く。

「……おけいはんの、女たらし」

ガーン。友達にまで女たらし認定されてしまった。

「司が自滅してるだけだと思う。京坂くん、これからよろしくね」

右隣の席には醍醐さん。

「うん、よろしく」

「京坂、ちょっといいかな？」

前の席の烏丸さんが、身体を捻りながら小声で話しかけてくる。

「どうしたの？」

「べつに……大した用でもないんだけどさ。司にだけデレた。司にだけデレた」

「え、なんて？」

最後の方が呪詛のようにこもっていて、よく聞こえない。

「な、なんでもない。じゃなくて、LIEN交換してくれない？」

烏丸さんは肩落としのブレザーのポケットから、スマートフォンを取り出す。

「私だけ京坂の連絡先知らないから、最近ずっとそのことが気になってて……」

あぁ。なるほど。それで授業中にチラチラとこちらの様子を窺ってたわけだ。

休み時間にでも声をかけてくれればよかったのに。

「僕も知りたかったたし、もちろんいいよ。烏丸さんのＩＤ教えて」

「いいの？　じゃあさ、私がＱＲコード出すから京坂は──」

烏丸さんと連絡先を交換し終える。

と。

ひそひそ、こそこそと「なんか京坂のやつ……最近、やけにあの三人と仲よくね？」という声が耳に入ってくる。中には、僕を睨むように見つめている男子もいたが、それは決して羨望の眼差しではない。女子も女子で「いつの間に……」「唯一の可愛いどころが」「おさまるべきところにおさまった」なんてことを囁いていたりするけど、その言葉の意味するところが、いまいちよくわからなかったりする。

ま、気にしてもしょうがない。僕は慣れっこだから。

でも前と少しだけ──いや、確実に違うのは、校内三大美女がこうして教室でも僕に接してくれるようになったということだ。

あとは……石田君がサムズアップしながら、なんだか生温かい目で僕を見つめてくることがあるのだけれど。

(僕も同志として認めてもらえたってことかな?)

そんなことを考えていると、ポケットの中でスマホが震えた。

烏丸さんからのメッセージだった。

LIENのアイコンが人気Vチューバー『音羽天使』のSDイラストで、意外にミーハーな趣味を持ち合わせていることが窺える。僕はあまり詳しくないのだけど、妹が大ファンなので、なんとなく存在を知っていた。

烏丸さんも好きなのかな? そんな疑問はさておき。

メッセージの内容は《今日はバイトの日? 放課後は予定あるの?》というもので。

僕は少し考えた後、

《今日は休みだよ。妹においしいカレーを作るって豪語しちゃったから、帰りにスーパーに寄る予定》と返信する。

《私も京坂のカレー食べてみたい》

そんな文面とともに、ジー……っと物欲しそうな目のスタンプが送られてくる。

《今度機会があったら作ってあげるよ》

《ほんとに？　約束だよ》
《うん約束》
《ありがとね。期待してるから》
スタンプの連打とともに、そんな文面が続いていく。
最後にガッツポーズをしているスタンプが送られてきて僕はくすっと笑ってしまった。
前の席で頬杖(ほおづえ)を突きながら、烏丸さんが「えへへっ」と嬉(うれ)しそうに声を出して笑っていたから。

＊

奈良(なら)街道沿いにあるスーパーマーケット、サタデイは、通学路の途中にあり、品揃(しなぞろ)えも豊富だ。

ちなみに奈良街道とは京都市中から伏見(ふしみ)方面を経て、奈良県に至る国道二十四号線のことを指す。地元民にとっては馴染(なじ)み深い国道だし、市内に住んでいれば、この道を自転車やバイクで往来する機会は、きっとほとんどの人にあるだろう。

閑話休題。

サタデイには、僕はよくお世話になっている。帰りがけにふらっと立ち寄るにはちょうどい距離にあるし、とにかく値段が安い。

本日はタマネギとジャガイモ、ニンジンなどの具材を購入。豚肉は家に冷凍したものがあるし、スパイスとカレールーもまだ残りがあるので余計なものは一切買わない。

「こんにちは、京ちゃん。あら、今日はカレーかしら？　どんどん主婦っぽくなってきてるわね」

ご近所付き合いの深い和泉さんがエコバッグ片手に、野菜売り場を物色していた僕に声をかけてきた。

「こんにちは。和泉さんのところは、今日は何にされるんですか？」

挨拶もそこそこに、僕は尋ねる。

「ブリの旬が間もなく終わるでしょ。だから、照り焼きでも作ろうと思って」

「なるほど。それなら今が十六時頃なので、十七時まで待った方がいいかと。値引きシールが貼られますから」

「やっぱり、待った方がいいかしら？　ほんとやーね。どこもかしこも値上げ値上げで」

「ほんと気が滅入りますよ。お互い、節約を心がけましょう」

和泉さんとそんな会話を交わし、僕は緑のプラスチックカゴを持ってレジに並んだ。

お会計を済ませ店の外に出ると黄昏色の空が広がり始めるだろう時間になっていた。

と、その時。とんとん、と背後から誰かに肩を叩かれた。アスファルトの駐車場に影法師が伸びる中、振り返ると、黒マスクをつけた制服姿の美少女が僕を見つめていた。

「か、烏丸さん?」

ちょっと、いや、かなりびっくりした。

そんな僕の反応に、烏丸さんは申し訳なさそうに両手を合わせた。マスクをしているため表情はわかりにくいが、仕草だけでそれが謝罪のポーズだとわかる。

「ごめん、京坂。びっくりさせちゃったよね?」

「う、うん。ちょっとね」

「ホントはもっと早く声をかけるつもりだったんだけどさ、タイミングを見失っちゃって。いつ後ろを振り向くんだろ、って、途中から笑いをこらえるのが大変だったよ」

「え、ずっと後ろ歩いてたの?」

「まあね。……べつに、隠れたりとかはしてないけど」

「も、もしかして、学校からずっと?」

「うん。ごめんってば。だって京坂、ぜんぜん気づいてくれないんだもん」

烏丸さんは両手を合わせてもう一度謝るポーズをとる。

正直とても恥ずかしかったけど、それよりも僕は、烏丸さんの奇行（?）の動機の方が気になって仕方がなかった。

「えと、どうしたの？」

そう尋ねると、烏丸さんはにへらと目を細めて一歩僕に近づいた。

「京坂、今日はバイトお休みなんだよね？　妹さんとの約束があるのは知ってるけど、少しだけ時間もらえないかな。実は相談したいことがあって」

「そ、相談？」

「うん。司も一緒なんだけど、いいかな？」

「あ、えっと、うん……」

「じゃあカメダに行こっか。あそこ、落ち着くんだよね」

カメダって、カメダ珈琲（コーヒー）店のことだろうか。

「僕、コーヒーは甘いのしか飲めないけど、それでも大丈夫？」

「なにそれ可愛い。京坂ってやっぱりオトナなんだね」

「どう考えたってお子様だと思うけど。もしかして、からかってる？」

「ううん、オトナぶらないところがいいなって思っただけ」

烏丸（からすま）さんはそう言うと、僕の手首を掴（つか）んで引っ張った。

女の子らしい、細くて柔らかい掌の感触にドキッとしてしまう。

そんな僕たちを、買い物を終えて店から出てきた和泉さんが、あらあらまあと微笑ましそうに見つめていた。恋人じゃありませんからね。

＊

烏丸さんが連れて来てくれたお店はカメダ珈琲店という、全国的にチェーン展開されている名古屋発祥の喫茶店だ。京都外環状線沿いにひっそり、といった感じで佇んでいるお店なのだが、全国展開されているだけあって店内は広々としている。

珈琲だけでなくご飯もおいしいと評判で、人気メニューはコーヒーにトーストとゆで卵がついた、モーニングのセット。随分前に、滋賀に住んでるじいちゃんとばあちゃんがそんなことを言っていた気がする。

僕と烏丸さんが一番奥の四人席のテーブルまで行くと、「やっほ、おけいはん」と小野さんに手を振られ、僕は小さく手を挙げて応じた。

「ま、座って座って」

「あ、うん」

「京坂は私の隣ね」

烏丸さんに手を引かれ、僕は彼女の隣に腰を下ろす。

カレーの具材が入ったレジ袋を赤いソファーに置いて飲み物を注文し、雑談タイム。

しばらくすると、店員さんがアイスカフェオレとアメリカンと白いノワール（デニッシュパンにソフトクリームがのったデザート）をテーブルに持ってきてくれた。

「ここはアタシがもつから、おけいはんも食べたいものとかあったら好きに頼んでね」

「そういうわけには」

「いいの、いいの。アポなしで付き合ってもらったお礼ってことで」

僕は申し訳ないなと思いながら、アイスカフェオレに口をつける。烏丸さんは、ダイエット中とのことでお冷にも手を付けていない。

「今日は、醍醐さんはいないんだね」

「お、それ聞いちゃう？」

「桜子には重要なミッションがあるからね」

「ミッション？」

「そそ」

「追って説明するね」

小野さんと烏丸さんは顔を見合わせて笑い合うと、どこか意味深な視線を向けてくる。

なんだろう。嫌な予感がする。というより、嫌な予感しかしない。だって二人とも悪だくみする子供の顔になってるもん。

僕は落ち着くために、カフェオレをひと口含む。まったく味がしなかった。

「プレゼンよろしく司」

「いえあブラジャー」

小野さんがバッグから大きめのタブレットを取り出して、テーブルの上に置く。

一時期、喫茶店でマルチ商法の勧誘が横行していたらしいけども、まさか二人が怪しいビジネスにはまっている……なんてことはないだろうか。僕は身構えた。

「んじゃセツメーしてくれね」

「あ、うん……」

「いま三人で創作活動やっててさ、手伝ってくれる人を探してて。妹ちゃんにもそのへんの事情を理解してもらいたくて説明の上手な桜子をおけいはんちに向かわせたってワケ」

「ごめん、話が全然見えてこないんだけど」

「ま、かいつまむと、ご家族に怪しいバイトだと思われないように、アタシらのことをきちんと知ってもらって、安心してもらいたいと思ってるってワケ」

ますます話が見えてこない。

『怪しいバイトだと思われないように』

そのフレーズが、すでに怪しい気がするんだけど。戸惑う僕のことなど気にも留めず、小野さんは慣れた手つきでタブレットを操作し始める。

「これ、ちょっち見てちょ。アタシらのサークルの毎月の売上額」

「サークル？」

「私と司と桜子で立ち上げた同人サークルのことだよ。京坂にはまだ言ってなかったけど、私たち実はクリエイターなんだ」

「くりえいたー？」

「そそ。今の時代、プラットフォームにサークルを登録すれば、こうして毎月の売上をグラフでデータ化してくれるの。ほら、ここ見て」

烏丸さんはタブレットに映った数字を指差しながら、説明してくれる。

サークル名：メロウ
一月度売上：３４２０万円
二月度売上：２２５３万円
三月度売上：２９５５万円

「えーっとね、今月は多分、二五〇〇万ぐらいの着地になりそうかな」

「はい？」

に、せ、ん、ご、ひゃ、く、ま、ん

タブレットに表示された数字を網膜に焼き付け、烏丸さんの補足を頭の中で反芻しながら、僕は自分の目と耳を疑う。

「に、にせんごひゃくまん⁉ すすすすす、すごいね……」

ようやく口にできたのがそれだった。

「にゃはは、おけいはんのリアクションかわゆす」

「京坂さ。今のバイトやめて私たちのとこでバイトしない？」

「へ……？」

「ほら、この前言ってたでしょ？ 妹さんの学費を稼ぐためにバイトしてるって」

「あ、うん」

「なんか私、その言葉にグッときちゃってさ」

「そゆこと。そんでアタシら三人に何かできることがないかな、って考えてたワケ」

「もちろん京坂さえよければだけどね」

「うちらんとこでバイトしたほーが絶対稼げっからさ。まどろっこしー話は抜きにして、とりま、時給四〇〇〇円とかでどーかな？」

「よ、四〇〇〇円⁉」

「司、それじゃ少ないって。京坂、時給五〇〇〇円なら、どうかな？」

「ご、ごごご、五〇〇〇円……⁉」

それって一日十時間労働だとして、五万円ものお金がもらえるってこと⁉

つまり一ヶ月フルで働いたら一五〇万円。

あかりを大学に行かせるための費用がだいたい四〇〇万円くらいなので、単純計算でも三ヶ月で僕の目標金額が達成できることになる。

あ、いや税金とか引かれるから、もっと少ない額にはなるのか。

でも、バイトの求人サイトにここまで破格な金額が載っているのを見たことがない。

思わずよだれが出そうになるくらい、魅力的な話だ。

でも、これは僕みたいな平凡な学生が承諾していい水準じゃない気がする。

でも、あかりのことを第一に考えるなら……。

でも、でも。

と、頭の中がこんがらがってしまう。でも、

「ごめん。魅力的な話だけど、そんな大金を同級生からもらうわけにはいかない。僕ができることなんてたかが知れてるし、妹の大学費用は自分で稼ぐって決めたから。でも、気持ちは本当に嬉しいよ。ありがとう」

僕は精一杯の誠意を込めて、二人にそう伝える。

お金に目が眩んで三人と仲良くしていると思われたくないし、あかりだってきっとそんなこと望んじゃいない。やっぱり僕がこの仕事を引き受けるのは間違っていると思う。

申し訳ないけど。

「そっか。京坂は私たちのこと嫌い、なんだ?」

「ち、違……っ」

「じゃあケッテーじゃん。おけいはんにとっても悪い話じゃないっしょ?」

「そ……それは、そうなんだけど……」

「京坂あのね」

烏丸さんは僕に身体を寄せてくると、その高雅な相貌を僕の顔に寄せてくる。

「私……京坂が望むなら、なんでもしてあげたいと思ってるよ? あんなことやこんなことも」

息がかかるくらいの至近距離。

厳密には、マスクをつけている烏丸さんの息がかかることはないのだけど、鼻と鼻が触れ合ってしまいそうになり、僕は慌てて身を引いた。

「……あのー、お客様。店内でそういった行為は、控えていただけますと」

「へっ、あ？　……す、すみません」

背後から、店員さんの困りきった声がして我に返る烏丸さん。

気がつけば、周りのお客さんや店員さんたちがこちらを見ながらざわつき始めていた。

僕は、耳を真っ赤にする烏丸さんと、やれやれと苦笑する小野さんを連れて、そそくさと逃げるようにお店を後にした。

これからどうなっちゃうんだろう、という行き場のない不安を抱きながら。

＊

成り行きというか、なし崩し的に僕は烏丸さんと小野さんをうちへ招いてしまった。

一応二階建てなのだけど、外観からして年季の入ったボロ家なので、二人とも目を丸くしている。

「は、はぇー」

「こ、ここが京坂のおうち？」

「我が家です。魔女の館とかじゃないからね？」

そう言って、二人を家の中に入るように促した。

「お兄おかえリンゴ！　いつの間にこんなべっぴんな女の子と、って……うひゃああああああああ！　べっぴんさんが二人増えとるっ‼」

出迎えてくれたあかりは、まるでお化けでも見たかのように驚いた。その後ろからテクテクと醍醐さんが現れて、「お邪魔してます京坂くん」と丁寧にお辞儀をしてきた。

ホントにうちにきてたんだ。こっちの方がホラーな気がする。

「ただいま、あかり。醍醐さんも」

あかりは興味深そうに三人の美少女を見回しながら、「夢のハーレムやん、何があったんや？」と楽しそうに訊いてくる。

「さあ、僕にもちょっとわからないんだ」

「なんやそれ！」

「烏丸千景です。よろしくね、あかりちゃん」

「アタシは小野司。仲良くしてねん」

「あ、ども、うちの兄貴がお世話になってます。なあお兄、ほんまに何があったんや？」

「訊くなあかり。とりあえずご飯にしよう」

僕は苦笑いを浮かべながら、頰をぽりぽり。

今朝までモブ然として生きていたはずなのに妙な展開になったな、と。どこか他人事のように、そんなことを考えていた。


そして烏丸さん、小野さん、醍醐さんの分。

僕とあかりと父さんの分。

「よし、完成」

まさか六人分の夕飯を作ることになるとは思わなかったけど、とりあえず特製カレーの用意はできた。父さんは帰りが遅いので、あとで温め直してあげればいいだろう。

しっかし、まぁ……

夕飯の準備をしながら、自分の気持ちがどう変化していったのかを整理してみたんだけど、やっぱりよくわからない。

突然の展開すぎて僕の感情が追い付いていないのだ。リビングでは妹と校内三大美女がバラエティ番組を一緒に観ている。不思議な光景だ。

「なんかおけいはんちって、それらしくね？」

「ほんとだねー……。ファイヤスティックとかゲーム機とか一切置いてないし、俗世に染まってないって感じ」

物珍しそうに我が家を眺めて、そう評する小野さんと烏丸さん。

もちろん、それがどういうものかぐらいは知ってるけど、あえて置いていない。

動画配信サイトをテレビで観たり、月額制のサービスを利用すればアニメや新作の映画がたくさん観られるらしいけど、だらけてしまいそうな選択肢はなるべく減らしたいから。

ゲームもそういう理由で購入は避けている。

「間取りもらしいし、なんかいいじゃん」

「味があるよね」

「古臭くてごめんね。ご飯にしよっか」

「そ、そういうつもりで言ったわけじゃ」

「司(つかさ)ってこういうところあるから。ごめんね京坂(きょうさか)」

「アタシだけ悪いやつみたいじゃん⁉」

小野さんってツッコミ役なのかいじられ役なのか、どっちなんだろ。

「京坂くん。急にお邪魔してごめん」

「ううん。二人から事情は聞いたから。僕と妹のためにありがとうね」

醍醐さんはどこか申し訳なさそうにしているので、そうフォローしておく。

「お礼を言うのはこっち。ご飯まで用意してくれてありがとう」

「ああ、いや、そんな」

僕は気恥ずかしさを紛らわせるために、テレビに視線を向ける。

お笑い芸人がひな壇からガヤを飛ばし、大爆笑の渦を巻き起こしている。

「ごめんみんな。狭いから詰めて座ってね」

ご飯をよそい。

カレーをかけて。

お皿をトレイにのせて、リビングへ。

みんなで手を合わせて、いただきます。

「おいしー……家庭的な味がする」

「まいうー！　おけいはん女子力高すぎじゃね」

「うん。美味」

三人とも、すごく美味（おい）しそうに食べてくれるので、作った側からしたらめちゃくちゃ嬉しい。

「まあ、得意料理だからね」

「なんやその返し、クーデレかいな」

「うるさい」

夕飯を食べながらの会話は弾んだし、烏丸さんは時折マスクを外していて、それがとても綺麗に映った。

「お兄、なんか今日は賑やかやなぁ」

「そうだね。いつもは二人でご飯食べてるし、余計にそう感じるんじゃないかな」

「やな。てか、お兄にこないな可愛いお友達が三人もできるなんて、うちはえらいびっくりしとるんやで」

「うん。僕が一番びっくりしてると思う」

まさか烏丸さん、小野さん、醍醐さんに夕飯をふるまう日がやってくるなんて夢にも思わなかったから。

「ふふっ、あかりちゃんの方が可愛いけどね」

「おおきに。千景さんほどキレイな人にそう言ってもらえて、ほんまに嬉しいです」

「……あ、ありがと。未来の妹ちゃんにそう言ってもらえて私も嬉しいよ」

ん？　あかりは僕の妹だよ。

「あかりん、アタシは、ど？　キレイ？」

「司ちゃんは愛くるしい系やさかい、多分、お兄がいっちゃん好きなタイプですよ」

「マ？　超うれぴなんですけど。にひひ」

「あかり、わたしの評価はしなくていいから」

「そないなこと言わんといてください、桜子姉さん。姉さんはうちが見てきた中で一番のメガネ美人さんです。いや、宇宙一かも」

「よくできた妹。よしよし」

醍醐さんのは伊達メガネだけどね。

それにしてもあかりのやつ、流石はコミュ力オバケだな。お得意の褒め殺しで烏丸さんと小野さんと醍醐さんの寵愛を独り占めしている。

あかりはおだて上手なところがあって、僕は何度それで得したか数えきれない。

まあ、妹自慢はこれぐらいにして、そろそろ本題に入ろうと思う。

三人が現在進行形で提案してくれている、バイトについてのことだ。

僕としてはやはり、あかりの意見も聞いておきたかったので、

「これは京坂家の問題だし、流石にそこまでお世話になるのはよくないよね……？」

と、相談してみたところ。

あかりはスプーンをダンッ！　とテーブルに置いて、こう言い放った。

「ええかぁ、よう聞きやお兄。このご時世にこないなおいしい話断ったら、それこそバチ

が当たるで。京坂家のエンゲル係数の高さは、オトンとお兄がすぐご近所さんにお裾分けするのが要因の一つでもあんねん。別にそらええ。みんな『京坂家がお隣さんでよかった』って言うてくれはるし、妹としても鼻が高いからな」

「でもな、現実はちゃんとみいや。節約術持っとってもお人よしは一生直らへんのやから、せめてもうちょい貪欲になり。皆さんに甘えさせてもらい」

などと、生意気にも説教をたれられてしまう。

「どうか、うちのバカ兄貴をよろしゅう頼んます」

「こちらこそだよ、あかりちゃん」

「んじゃあかりん公認ってことで」

「あかり、お手柄」

「ぼ、僕の意思は？」

「お兄は黙っとき！」

かくして、バイトの話はトントン拍子に進んでいった。

まだ正直現実感はないけど、こんな僕のために一生懸命考えてくれた提案なのだから、断る理由はどこにもなかった。

それに、愛する妹のゴーサインも出たわけで。

三人の厚意にどう恩返ししたらいいのか、その答えはまだ出ていないけれど。

とにかく、僕も前に進まなければ。と、前向きに考えることにした。

＊

昨夜は悶々としてあまり眠れず、今日は授業中に何度もあくびを繰り返してしまった。

そんなこんなで放課後。僕は早速バイト先に行くことになったのだけど、小野さんは美術部、醍醐さんは図書委員の用を優先させてから合流する予定だそうで、必然的に烏丸さんと二人きりで下校することになる。

「京坂、私ね、今日は自転車通学なの」

「そうなんだ」

「どうしてだかわかる？」

駐輪場へと二人並んで歩きながら、僕は首をひねった。

「もぉ、京坂ってば鈍いね。京坂と二人乗りしたいの」

「危ないからやめた方がいいよ」

「京坂が倒れないように後ろで支えてあげるから。ね、いいでしょ？」

じとーっと、湿度のある眼差しで訴えかけられると、ノーとは言いづらい。

「そういう意味の危ないじゃ、ないんだけどな」

自転車の二人乗りは道路交通法第五十七条第二項に違反する、れっきとした違法行為だ。

とはいえ、ここで頑なに拒否して烏丸さんを悲しませるのも気が引けるし。

「まっ、いっか。烏丸さんの自転車はどれ？」

「これだよ。ミーちゃん号っていうの」

「可愛い名前だね」

「そうかな？　うちで飼ってる猫の名前からつけたんだよ」

「へぇ」

烏丸さんの自転車は、黒色でシックなデザインのママチャリだ。僕は受け取った鍵を差し込んで、サドルの高さを調節してまたがったあとペダルに足をのせた。

荷台に横向きに座る烏丸さん。

「ふふっ、男子と二人乗りするなんて初めて。ちょっとわくわくするね」

「はしゃぐのはいいけど、落っこちないように気を付けてね」

「こうすれば大丈夫じゃない？」

後ろからしなやかな腕が伸びてきて、ぎゅっ、と身体を抱きしめられる。

むにん、と背中にとても柔らかな感触が伝わってきて、僕は思わず自転車を蛇行させそうになった。

「京坂の背中、あったかい……。これならずっと抱きついていられるかも」

僕の背中に顔を埋(うず)めて、烏丸さんはラムネを舌で溶かすような声を漏らす。

その清涼感のある甘い声はいつもよりもワントーン低い感じで、ドキッとした。

二人乗りという青春イベントの真っ最中だというのに、烏丸さんの顔を見られないのが残念でならない。

そうこうしている間に、目的地に到着した。

おお……でっかい。伏見区の一等地にそびえる六階建てのマンション。二車線の道路を挟んだ向こう側に、そこそこ駐車場の広いコンビニもある。

外観は高級感があって、家賃が高そう。

建物の左側に駐輪スペースがあり、自転車を停(と)めた僕は、烏丸さんが降りるのをお手伝いしてからエントランスへと足を向けた。

エレベーターに乗って五階へ。

「「……………」」

チン。

烏丸さんはまるで勝手知ったる自分の家のように、迷うことなく歩を進めている。

そして、廊下の一番奥にある部屋の前に到着して立ち止まると、ポケットから鍵を取り出してがちゃりと開錠した。

ドアを開きながら手招きする烏丸さん。僕はおっかなびっくり、玄関に足を踏み入れた。

「おじゃまします」

「はーい。入って入って」

間取りは3LDK。小野さんの自宅兼作業場とのことだけど、一人暮らしするにはちょっと贅沢な広さだと思う。

「すごいね。漫画家さんの部屋って感じ」

僕は物珍しそうに周りを眺めながら、そう言った。

雑然としているけど、本や資料、作品作りに使う機材などがそこら中にあって、三人の創作活動にかける情熱が伝わってくる。

「フフッ、京坂は名探偵になれるね。シャーロック・京坂だ」

「え？　ホントに漫画家さんの部屋なの？」

「うん、もともとは司のママンが使ってた作業場なんだけどね、今は私たちが使わせてもらってるんだ」

ブレザーを脱いでハンガーラックにかけた烏丸さんは、青いネクタイをキュッとブラウスのVゾーンまで上げる。

「小野さんのお母さん？」

「そそ。『ろまん三分の二』とか『猫毘沙（ねこびしゃ）』とか描いてる小野まち子（こ）先生だよ」

「……へ、へぇ。そうなんだ」

驚いた。たくさんのヒット作を生み出している有名な漫画家さんだ。親子そろって創作家かぁ。小野さんには偉大な母親のDNAがしっかりと受け継がれているらしい。

「ほら、いつまでもそんなところに立ってないで。こっちおいで」

「あ、うん」

リビングのソファーに腰掛けた烏丸さんが手招きするので、僕もそれに倣（なら）った。近い。何が、って距離が。嗅いだことのないシャンプーの香りがふわりと漂ってきて、気持ちがゆるゆるになりそうだ。シトラスチックな甘い香り。

「ね、司と桜子が揃（そろ）うまで、何してよっか？」

「あー、えっと。じゃあ、バイトの説明をしてもらってもいいかな？」

「もぉ。それは司と桜子が揃ってからするから、私と何するかって話でしょ？」

うーむぅ。

「特に思い付かないから、烏丸さんが決めていいよ」

「ふーん……ね、じゃあさ、京坂のことケイって呼んでもいい？」

「え？」

「で、私のことは千景って呼んで」

「今の流れからどうして急に下の名前で呼び合う流れになったの？」

「さあ、どうしてだろうね。これもバイトの一環だから、かな？」

バイトの一環って。今さっきバイトの説明はしないって言ってたよね。

しかも疑問形だし、どこまで冗談なのかが読めない。

「つまり私は面接官ってわけ。ま、ケイの採用は決まってるんだけどさ。名前呼びぐらいで戸惑っちゃうようじゃ、この先バイトやっていけないよ？」

「何その無茶ぶり」

「ふふっ」

烏丸さんはソファーの上に足をあげて体育座りの体勢になり、膝のあたりに頬杖をついて、なんだか、すごく嬉しそうに微笑んでる。これは期待をしている目だ。

ドクンドクン。ともすれば不整脈かと疑ってしまうほど、鼓動がさっきから速い。

「一回呼んじゃえば慣れるんじゃない？ ち、か、げって。はいリピートアフターミー」

それができればここまでキョドってないってば。バイトの一環とはいえ、同級生の女の子の下の名前を呼び捨てにするのはすごくドキドキする。

「(これはバイト……これはバイト)……ち、千景。これでいい？」

なんとか言えた。

「うん、悪くないね」

ふぅ。これから毎回こんなに緊張するのだとしたら、ちゃんと呼び慣れなきゃ身がもたないな……。

「ねえケイ」

「な、なに？」

「ううん、なんでもない。ただ名前を呼びたかっただけ」

それが一番心臓に悪い。

「ねえケイはさ、どうして俯いてるの？」

「あぁ。それはその……」

反射的に顔を上げてしまい、眉根を寄せる烏丸さん改め千景と目が合う。

「……僕、女の子と二人きりで話すのって、あんまり慣れてなくてさ。現在進行形で、けっこう……緊張してて」

「かわいすぎるんだけど。何その理由」

「え？」

「ううん、なんでもない。実はね、私も緊張してるんだ。好……気になってる男の子とふたりっきりなんて、初めてだからさ」

千景はマスク越しでもわかるほどほんのり顔を赤らめながら、恥ずかしそうに指で毛先をいじり始める。

「それってどういう」

「そういうのは……訊(き)かないお約束でしょ」

僕の言葉を遮るように、千景はそっと人差し指をマスク越しに唇に触れさせる。

「ね、ケイ。お互いに緊張をほぐすためにさ、私と一緒に練習してみない？」

「練習？　なんの？」

「んーっと、ハグとか、かな？」

「それはちょっと、ハードルが高すぎる気が……」

「一回したでしょ？　あの時は司も桜子(さくらこ)も一緒だったけど」

「……あれはほら、みんなを安心させるためっていうか、そういうやむにやまれぬ事情があってのことっていうか」

「うん。だからもう一度、安心させてよ。緊張してる私をぎゅーってしてさ」

千景の瞳には好奇心と期待の色が見え隠れしている。

光の中に闇を宿しているというか、意外とやんちゃな性格が垣間見えていた。

二面性……というか。この誘いに乗っていいものか、僕は迷ってしまったけれど、ブレーキをかけても無駄そうだというのはなんとなくわかったので覚悟を決める。

「よ、よろしくお願いいたします」

「はい、お願いされました。てか、ケイの方が緊張しちゃってない？」

「そりゃそうだよ。千景もなんか、いつもとキャラ違うし」

「んー……それについては、私もちょっとびっくりしてるかな。好きな人の前ではけっこう強引な女になっちゃうんだなー、って」

「え、なんて？」

「ん？　あー、ごめん、なんでもない……今の忘れて」

慌てた様子でパタパタと顔の前で手を振る千景。

忘れるも何も、小声だったからよく聞こえなかったんだけど。

「じゃ、するよ。はい、ぎゅー」

ベストポジションを探すように、千景は首をあちこちに向けながら、僕に身体を近づけてくる。

あくまでソフトタッチの軽いハグなのだけど、お互いの上半身が密着し、僕の胸板に押し付けられた柔らかな膨らみがむにんとブラウス越しに形を変えた。

ドッドッドッドッド……。

自分の心臓がかつてないスピードで脈打っているのがわかる。

「柔軟剤の……香りがする。ケイの匂い」

「そ、そんなに匂う？」

「ケイ……ケイ……けぇ……」

うわ言のように僕の名前を繰り返し呼びながら、僕の肩にすりすりと鼻筋をこすりつけてくる千景。

ドッドッドッドッドッ……。血流がとんでもない速度で体内を循環しているせいか、頭がクラクラしてきたし、身体もどんどん熱を帯びてきてる気がする。

これ以上はダメだ。活動限界に達しかけている脳が、そう判断を下す。

「ち、千景？　そろそろ離れて……欲しいんだけど？」

「じゃあ、キスしてくれたら離れてあげる」

「きすぅ？　って、キス⁉」

「うそうそ、じょーだんだって。……でも、それっぽいことをするからさ、ケイもちゃんと空気読んで、ね？」

そう呟いた千景の耳たぶは、ファジーなピンク色に染まっていた。

……な、なにかくる。僕のサイドエフェクトがそう言っている。

「す、ストップ、たんま！　いったん冷静になろ？」

「私は、いたって冷静だけど？」

「いやいやいやいや！　それっぽいことっていうのがなんなのか僕にはさっぱりだけど、その練習相手が僕っていうのは多分、絶対、間違ってるよ！」

動揺して早口になりながらも、なんとか説得を試みる。

「んー、むしろケイしか考えられない、かな」

「……またまた」

「だって、私……男友達ケイしかいないし、彼氏とかもできたことないから。他に練習相手なんて、いないもん」

「彼氏ができたことが、な、い？」

「あ、そこ繰り返すところじゃないから」

「はい」

僕は即座に口を噤む。

千景が三桁レベルの告白をぜんぶ断ってるって噂は、僕も耳にしたことがある。

でもまさか、彼氏いない歴＝年齢だとは想像もしてなかったというか。

将来スパダリになりそうなイケメン男子と付き合ってそう、っていう勝手なイメージがあったけど、そうじゃなかったらしい。

僕が言えたことじゃないけど、小中高と進学する過程で恋愛経験なしっていうのは、けっこう珍しい部類に入るんじゃなかろうか。僕が言えたことじゃないけど。

「その、えと。今後そういう予定とかは？」

「べつに。……そういう予定はないかな。予定は、ね。でも予約をしておきたい相手はいるよ？」

「じゃあその人に頼めばいい――あいひゃひゃひゃひゃひゃっ」

ほっぺたをむにーと引っ張られる。

「私が予約しておきたい相手、知りたい？」

「あーいや……それはなんというか」

「知りたい？」

「えと……千景の胸にしまっておいた方が、いいんじゃないかな。なんて……」

「答えになってないから」

千景の双眸から光がふっと消える。線の細い指が、僕の両頬をガシッと包み込む。

「言葉って難しいよねー……伝えたいことがうまく伝わらないし、だから、こうするね」

「え、あ」

千景の端麗な顔がゆっくりと近づいてきて、僕の視界を埋め尽くす。

ドグンッ！　と、心臓が悲鳴をあげる寸前だった。もう少し近づけば、マスク越しに唇と唇が触れ合ってしまう……というくらいの距離になったその刹那。

ガチャリ。

「じゅ、じゅうべえキャパはめ波……」

「落ち着いて司。まだ未遂の模様……」

ゴトッ。ふぁさ。

僕は影すら溶かしそうなくらい熱を帯びた顔を、くるりと振り向かせる。そこには買い物袋をその場に落としてカチコチとフリーズする、小野さんと醍醐さんの姿があった。

「その『まだ』っていうフレーズが生々しくね……？　わざわざコンビニのトイレでアタシ史上稀なレベルでばっちりメイクキメてきたのに何この展開、マジぴえん」

「トイレが長かったのはそういう理由？　待たされたわたしのことも考えてほしい」

まずいですね、この状況。

「ち、ちがうってば。これはその、ちょっと練習をね」

「チ〜カ〜ゲぇ〜？」

「な・ん・の？」

小野さんは僕たちを見つめながらジト目になる。

千景はばつが悪そうに頬を掻きながら、ソファーの端までゆっくりと後ずさった。

そして僕はというと、動揺して目を泳がせるしかないわけでして。

「京坂くん」

「は、はいっ！」

「釈明の余地はない。問題は京坂くんと千景どちらから先に手を出したのか。それだけ」

「どっちも……まだなにもしてないよ？」

「『まだ』？　つまりこれから何かするつもりはあったワケ？」

「は、ハグの練習……をしてたんだ。僕がその、女の子に慣れてないから……千景が練習に付き合ってくれてたんだよね？」

「それだとニュアンスが、ちょっと違うかな。……私から強引に迫ったんだよ。ケイは優しいから断りきれなかっただけ」

そう千景がフォローしてくれる。

対して小野さんと醍醐さんは、鳩が豆鉄砲を食らったような顔になった。

「さ、桜子やい。千景とおけいはんが下の名前で呼びあってる気がするんですケド？」

「一歩前進。悔しいけど、ナイス千景」

なぜそこでサムズアップをするのか、醍醐さん。

僕は僕で、この状況をどう説明したものかと考えあぐねていると……

「とりま、ふたりとも離れた離れた。おけいはんにバイトの内容セツメーするから」

と小野さんが、あっさり不問に付してくれた。

但し配置は、ソファーの真ん中に僕、右隣に小野さんが座り、左隣に醍醐さん、対面する形で千景が正座をするという形に。

やや気まずい雰囲気の中、僕は改めてバイトの説明を受けたのだった。

同人サークルのお手伝い。

内容としては作業場のお掃除、洗濯、買い出し、イベント時の売り子、などなど、おもに雑用が僕の仕事となるらしい。

とりあえず、体験というか、様子を見るためにも一ヶ月間ほどバイトをしてみないかと提案されたので、僕はその話に乗っかることにした。

で、ここから本題になるわけだけど、バイトをするにあたって、僕は三人からいくつかの質問を受けた。

質問というより確認に近いニュアンスかもしれない。

・週に何日、一日何時間働けるか？
・土日は出勤できるか？
・いつから働けるか？
・アダルト作品（高校生でも創作はＯＫ？　らしい）にかかわる覚悟があるか？

以上の四つである。

最後の項目を除いて、いずれも一般的なアルバイトの面接と同じ内容で、僕はそれぞれの質問に対して時間をかけることもなく答えていった。

十八禁コンテンツかぁ。まあ今の時代、十八禁指定されてないエッチな作品もざらに流通してるって話だし。割と主流だったりするのかな？

僕は環境に優しいリノリウムの床を意味もなく見つめながら、そんなことを思った。

「そういえば千景が下の名前で呼ぶのも『バイトの一環』って言ってたけど、小野さんと醍醐さんのことも下の名前で呼んだ方がいいのかな？」

「にゅ？　そんな決まりはないケド」

「じゃあ小野さんと醍醐さんの呼び方はそのままでいいんだね」

僕が安堵のため息を漏らすと、小野さんと醍醐さんがぴくっと眉の端っこを動かした。

「ちょい待ち。やっぱ『バイトの一環』ってことで」

「今のは司のど忘れ。下の名前。もしくは、あだ名で呼び合うことも、バイトの内容に含まれる」

「……急に後付け臭くなったような」

「おけいはん、細かいことはいーの。それでいーの」

なんだか釈然としない。けれど、雇用主がそう言うのなら従うしかない。

「わたしも京坂くんのことを、京くんと下の名前で呼んでいい？」

醍醐さんが僕の左袖を軽く引っ張りながら、そんな質問をしてきた。

「もちろんだよ」

これもバイトの一環だもんね。

「ありがとう。それと、わたしの呼び方も変えて欲しい」

「えーっと、じゃあ下の名前で桜子(さくらこ)って呼べばいいかな?」

「四文字は長いから禁止」

「え、あ。んー……と、じゃあ、三文字でさくら、なんてどうかな?」

「よろしい」

満足したように頷(うなず)く醍醐さん改めさくら。

「んじゃ最後はアタシか」

小野さんが両手を天井へ伸ばして準備運動をし始める。

そんな今からじゃんけんをしますよみたいなポーズをとられると、こっちまでなんだか身構えちゃうんだけど。

「ま、アタシは下の名前でもニクネでも呼びたいように呼んでくれればおk。親しみを持ってくれれば、なんでもこいスタンスねー」

なんでもって言われると逆に迷っちゃうんだけど、僕が変なハードルを勝手に設けるのもおかしな話なので、ここはひとまず素直に頷いてみた。

「チックタックチックタック」

「え、これって制限時間ありなの?」

「のほうがおもしろそうじゃん。制限時間は二〇秒ね」

「えー……。ちなみに……、決まらなかった場合は？」

「ギャラクシーマジラブ天使司たんって呼んでもらおーかな、にゃはは」

「それ、呼ぶ方も呼ばれる方もお互いにダメージを負うような気がするんだけど」

「アタシは別にかまわんよ。ほれほれ、残り一〇秒」

「ちょ、ちょっと待ってよ」

「九、八、七、六」

「ちょ、ちょ」

「よーん、さーん、にぃ」

「え、えと」

「いーっち」

「……じゃ、じゃあ、司だからツーちゃん！」

「はうあッ‼」

ずっきゅーん。と、心臓（ハート）を撃ち抜かれたかのようなリアクションをとりながら、小野さん改めツーちゃんが胸を押さえてうつむく。

「ど、どうしたの？」

「……いきなしの、ちゃん呼び。これクル」

「なんか司の顔赤くなってない？」

「な、なってないし！」

「司はチョロい。弄り放題の逸材。かっこ笑」

「ウッサイ！　千景も桜子も、目ぇキラキラさせてこっち見んな！」

「それじゃあ僕は、みんなの作業の邪魔にならないよう掃除するね」

なんだかよくわからないけど。バイトの流れはわかったし、作業に取り掛かろう。

僕はワイシャツの袖をまくって、あらかじめ与えられていたチェックシートに目を通しつつ部屋掃除を開始するのであった。


四月下旬。バイト二日目。

掃除をしながら同人サークルの作業風景を観察していてわかったことがいくつかある。

まず一つ目は、千景、ツーちゃん、さくら、の三人はそれぞれ担当するパートが異なっているということ。そして二つ目は三人ともサークル外のお仕事も兼業していること。

最後は、みんなすごく器用なこと。本人談を踏まえて各人の説明をすると。

烏丸千景。サークル内のボイス担当。

某事務所に所属している声優で、声帯模写も得意。ギャルゲーやＡＳＭＲでヒロイン役を多数こなす。登録者数二〇万人超えの新星Vチューバー・音羽天使の中の人で、おもな活動はライブ配信だったり歌配信だったりする。サークル外における声優の名義は御池千景で、裏名義は濡羽千鶴というらしい。

小野司。サークル内のイラスト担当。

オリジナルキャラから版権絵まで幅広くこなす神絵師で、ギャルゲーの作監、ＡＳＭＲのジャケット絵などを手がけている。Vチューバー・音羽天使のママ（キャラデザ担当）でもあり、ライブ２Ｄモデラーも兼任し、同人誌の作画なんかもやっている。

ちなみにイラストレーターとしてのペンネームはＫＯＭＡＴＩというらしく、ＳＮＳのフォロワー数は三〇万人を超えている。

醍醐桜子。サークル内のシナリオ担当。

ギャルゲーやノベルゲームの現役ライターでＡＳＭＲや音羽天使の台本制作、オリジナルソングの作詞作曲、同人誌の原作などなどマルチタスクをこなしている。

サークル外ではシリーズ累計発行部数五〇万部超の『夜桜キリング』というライトノベ

ルを執筆しており、ペンネームは春うららという。先生とつけた方がいいだろうか。

と、いった具合に、三人とも名の通ったクリエイターでいわゆる神作家陣ってわけだ。

これだけの仕事量を学業の合間にこなすのは時間的にも体力的にもかなりハードだと思うのだけど、強力な『助っ人チーム』がサークルに在籍しているおかげで、なんとかスケジュールの調整をつけているらしい。

ちなみに、その助っ人さんたちの顔や年齢や性別は……誰も知らないとのことで、ハンドルネームは『MM』というらしい。つまりはネット上の協力者みたいなものか。

そのうちちゃんと紹介すると言われたので、僕も頭の片隅に留めておくことにした。

「ここ変更しちゃうワケ？」

「変更ではなくリテイク」

「ぬー。桜子のこだわりはわかるけどさー、ワンシーンのために表情やらグラフィックやら追加するアタシサイドの労力も考えてもらわないと」

「だね……私もセリフ覚え直さないとだし」

「なら二人がスクリプトとプログラムを覚える？　労力という意味を一度辞書でひいてみたほうがいい」

「ご、ごめん桜子」

「まま、謝るからそういじけんなし」

「いじけてない。クオリティについては完璧を期すことが絶対条件というだけ。もちろん納期も遵守する」

「了解。スピード重視ってことだね。サウンドの外注はこっちで詰めとくよ」

「任せる」

「あ、逆オファーのメールきてるけど、どうする？」

「抱き合わせの打診はチョメでヨロロ軍曹」

痴話喧嘩(ちわげんか)みたいな会話劇から始まったミーティングが、どうやら終了したようだ。

学校ではお目にかかれない三人の掛け合いに、僕は作業の手を止めてしばし聞き入ってしまう。

ぼ、僕も頑張らないとな……。

一時間後。

「いちちー。手首がパンナコッタ」

「だいじょうぶツーちゃん？」

親指をぴくぴくさせてるツーちゃんに僕は駆け寄る。

「ま、いつものことだし、ジョブジョブ」

「あんまり無理しちゃダメだよ」

「心配してくれて一休さん。てか、おけいはんって掃除のプロなん？」

「まさか、業者さんじゃあるまいし」

「でもなんか部屋ピカピカになりすぎじゃね？」

「そうかな？」

「絶対そう。こんな神ワザどこで身に付けたし、このこの」

「んー……ネットを参考にしたり、動画を観（み）てやってたら自然と身に付いちゃったっていうのが正解かも」

「そゆ主婦力高いとこ、萌（も）え萌え」

主婦でも主夫でもないけどね。

「ホントだぁ。髪の毛ひとつ落ちてない。すごいねケイ」

「京くんは黙々とできる子。その顔が涼やかすぎるところもいい」

「そうなのかな？」

三人に比べれば僕なんてぜんぜんだけど、褒められるのはやっぱり嬉（うれ）しい。

でもこんなことで満足してたら、すぐに慣れがきて成長できなくなる。

みんなに愛想を尽かされないためにも。あかりのためにも。もっと頑張らなきゃ。

クビにならないよう、がんばるぞー。おー。


四月二十五日。木曜日。バイト三日目。

「このホコリめ、この、この」

脇目もふらずひたすらに窓をこすりまくる。

お掃除のコツは、上から下に。隅々まで掃除して、塵ひとつ残さない。

試用期間中にどんな形であれ爪痕を残さなければ、クビにされてしまうかもしれない。

才能のない僕にできる、数少ない仕事に全霊を傾けるのみ。

もっと、もっと働かないと……。

それから数十分ほどかけて、いろんな部屋のお掃除をした。低く沈んだ太陽が西側にだいぶ傾き、雲の流れによって茜色が覗く割合が増え始めてきた頃。

「ケイ、ちょっと働きすぎじゃない？」

二十四インチのワイドモニターの角からひょこっと顔を覗かせた千景が、僕のことを心配そうに見ている。

「まだまだぜんぜんだよ」

首からかけた汗ふき用のタオルで顔を拭う。

「頑張り屋さんは好きだけど、頑張りすぎはよくないからね」

「心配しないで。もっとみんなの力になりたいんだ」

「ほほぅ、そのロコモコは？」

と、続きを促してくるのはツーちゃん。今は卵のせハンバーグの話はしてない。

「ロコモコって何？　その心って、こと？」

「そそそ。ほら、下心とか色々あんじゃん？」

ないよ。

「まぁ、欲を言えば……もっと仕事を振って欲しいっていうか、お金をもらう以上は労働で返すのが義務だと思うから。僕にできることならなんでもしたい、ってだけ……」

そう。高一のハイパーかけもち時代。山科(やましな)区の高架下にあるラーメン屋でバイトをしていた僕は、未熟ながらも信頼は得るものじゃなくて積み重ねるものだと学んだ。

最初はホールと具材の盛り付けを担当していたけど、どんどん任される範囲が広がっていって、最終的には調理場も任された。

まあつまり何が言いたいのかというと。

どんな職種であれ、できることは一つよりも二つ、二つよりも三つと、たくさんあったほうが心証は良くなりやすい。

それを下心と呼ぶなら、その通りかもしれないけど。

「へぇ、殊勝なロコモコがけじゃん」

「京くんの向上心はあらゆる仕事に通ずる真理。わたしも見習う」

「まー、ケイがもっと頑張りたいっていうなら、私はそれを尊重するけどさ。気負いすぎないようにね？」

「ありがとうみんな」

素直に嬉しい。僕を取り囲む優しい環境に、心の底から感謝した。

「てかなんでもシてくれるって話、マジの助？」

「あ、うん。できる範囲のことならね」

「じゃ、じゃさ。昨日シてくれた……あれ、またシてくんない？」

モジモジと人差し指同士を突き合わせて、そんなお願いをしてくるツーちゃん。

「あぁ。あれね？」

「そそそ。お願いしていい？」

「もちろん」

ツーちゃんの優しさが嬉しくって、僕は即答した。

おそらくは『仕事を振って欲しい』という僕の意見を無下にしないための、ツーちゃんなりの配慮なんだろう。よーしやるぞー。僕はやるぞー。

「あ、あ、ぁッ……ぁ！　おけいはん、そこっ！　イイっ！」

「ここがいいの？」

「ひゃぅん。そ、そこぉ、も、もっと深くまで」

「わかった。もっと深くだね。奥まで押し込むよ？」

「っくぅ……はぁんン。ひぐぅぅぅ‼」

手首の付け根の窪（くぼ）んだ部分を揉（も）みほぐすと、ツーちゃんはテナーサックスを吹くかのように背中を仰（の）け反（ぞ）らせて、快感にうち震える。

「ひゃ、ひぃ、そ、そこダメ！　あ、へんなのきちゃう！」

なでりなでりなでなですりすりぐりゅぐりゅさわさわさわさわ。

『じ――――』

「……あのぉ、視線が痛いんですけどお二方」

「ケイの手つきやらしすぎるんだよ」

「どうしてそうなるのさ！　ただマッサージをしてるだけでしょ！」

「お、おけい、はん……もうらめぇ！」

　ツーちゃんも変な声出さないでよ。

「京くん、司はすでに達してる。次はわたし」

「それはズルじゃない桜子？　私だってして欲しいんだからさ」

「なら公平にじゃんけんで決めてもいい」

「ふーん、言い出しっぺが負ける法則って知ってる？」

「わたしは千景とちがって迷信や占いを信じるタイプではない」

　あへあへとよだれを垂らすツーちゃんを尻目に、ヒートアップする千景とさくら。

「信じる者には福が宿るんだよ」

「じゃんけんに運は関係ない」

『最初はグー！　じゃーん、けん』

「京くん。わたしは肩を中心にお願い」

「く、くやしー……なんで五回連続でパーを出せるかな」

じゃんけんという名の大岡裁きの末、勝利をもぎとったのはさくらだ。

「じゃあ、揉んでいくね」

僕はさくらの後ろに回り、両肩を優しく指圧していく。

本人曰く、コリ固まってるとのことだけど、父さんのガチガチに固まった肩まわりに比べるとさくらの筋肉は柔らかさを帯びている。

「んっ、京くん……上手」

「あ、ここは張ってるね」

「っ、あ、そ、そこは……だめ」

「ええ？　すごくこっているよ？」

さくらがくすぐったそうに肩をすぼめて、吐息とともに身体を小さく震わせる。

「ケイ、やらしいってば」

「ただのマッサージだからね」

「京くん、そこからこう半円を描くようにしてつたっていって」

「こうかな？」

言う通りに肩甲骨周辺を丹念にこねくり回すと、さくらは頬を桜色に染めて「ふぁぁぁぁぁ」と喜悦の声を漏らす。

デスクに突っ伏したことでたわわに実った果実も押し潰される構図になっているし、視界の暴力ってこういうことを言うんだろうな、きっと。

でも、これもバイトの一環だし、色々と磨きをかけなくちゃ。

心頭滅却すればなんとやら。

僕は煩悩を追い出して、ひたすらにマッサージに神経を集中させるのであった。


「極楽……」

突っ伏したまま目尻を下げ、夢の世界へ旅立とうとするさくら。

ふぅ。と一息ついていると、千景が僕の裾をちょいちょいと引っ張ってきた。

「ケイ。次は私の番だからね」

微笑の奥に刺々しさを孕んだ表情から察するに、心なしか不機嫌ぽく見える。

「そうしたいのは山々なんだけど」

「なにが不満なわけ？」

昨日も言ったと思うけど、と。前置きは忘れない。

「今日は父さんが早く帰ってくるから夜ごはんの準備をしなくちゃいけないんだ」

暗にごめん帰るねと宣告する。

「あ、そうだったね」

「うん。ごめんね」

「でも私だけマッサージなしっていうのもなんかヤダな。ね、じゃあさ……明日のお昼休み、ちょっと私に付き合ってくれない？」

何を思ったか、そんな交換条件を提示してくる千景。

「お昼休みって、学校の？」

「まあ、そうだね」

「いいけど、何するの？」

「ふふっ、それは明日になってからのお楽しみ、かな」

何やら秘密があるようで、千景は瞳を不敵に細めてマスク越しにイタズラな笑みを浮かべるのであった。


翌日のお昼休み。

僕は千景に指定された待ち合わせ場所である別棟四階の旧音楽室前でふわぅぁ、とあくびをしていた。灯（あか）りの点（とも）らない空間はどこか閑散とした雰囲気に包まれており、日中にもかかわらず薄暗さを感じさせる。

音楽室の曇りガラスの向こう側もどんよりと濃い闇に覆われており、室内の様子はうかがい知れない。

一昔前だったら、ヤンキーがタバコをふかしていそうなスポットである。

「お待たせ、ケイ」

扉の前でぼんやりしていると、廊下の方から千景がひょっこり現れた。

「約束通りちゃんときてくれたんだ。えらいね」

「まあそりゃね……」

「フフッ、ついてきて。こっちだから」

「こっち？」

最近ペースを握られっぱなしな気がするなぁ。バイトの一環というフレーズを盾にとって、いいように……遊ばれているような気もする。まぁ、時給五〇〇〇円の恩恵にあずかっていると自覚している手前、文句は言えないのだけれど。

「ここって。旧音楽室？」

「そそ。入って」

「あ、うん」

ガラガラ。埃っぽい室内には、所狭しと楽器類が放置されている。

「へえ。中ってこんな風になってたんだ」

「ケイは美術を選択してるから、あんまり縁ないもんね」

千景はカタンと後ろ手でドアを閉めながら、切れ長の目を細めてそう言った。

「まあ、そうだね」

空き教室といえど、防音加工はされているらしい。扉を閉めると廊下側からの音が完全に遮断され、まるで別世界へ足を踏み入れたみたいだ。

ガチャリ。

「え、今の音って」

千景が鍵を閉めた音である。

「何してるのさ？」

「電気はつけない方がいいかな」

「どういうこと？　なんで鍵を閉めたの？」

「べつに、変なことをするつもりはないから安心してよ。昨日のマッサージの続きをしてもらうだけだからさ。こっち来て」

はえ？　と、あっけにとられた僕の手を引きながら窓際（まどぎわ）まで歩いていった千景は、カーテンが閉まっていることを確認してから、こちらをじっと見つめてくる。

「こうして外からの光と音を遮断するだけでさ、ちょっとイケナイことしてる気分にならない？」

「な、ならないよ」

「私はなるよ。だから、ここでならシてもいいよね？」

な、なにをですか！　僕がその言葉の真意を理解するよりも先に、スルッ。

千景は肩落としのブレザーをにわかに脱ぎ出すと、スカートにインされたブラウスとネクタイだけを残し、美しいボディラインを余すところなく晒した。

「ちょ、ちょ。何してるのさ」

「なにってマッサージしてもらう準備だけど。さっき言わなかった？　それともケイは何か別のことを期待しちゃってた、とか？」

ブレザーをドラムスローンの上に置きながら、からかうように僕の顔を覗き込んでくる千景。

「ソンナワケナイヨ」

「ふふっ、心配しないで。私もこういうのは……ちゃんと段階を踏んでからしたい派だからさ」

「だ、だから何をする気なのさ」

「それは女の子の口から言わせない約束でしょ？」

でたよ。またお約束だ。そんな約束はしてないし、今後もするつもりはない。

「まぁ、今日はマッサージだけでいいかな」

なんだか釈然としないけど、とりあえず昨日の続きをすればいいらしい。

千景は近くにあった丸椅子を引き寄せると、僕の正面に座って長い足を組んだ。

「ほら、まずは肩のマッサージから」

「……あ、うん」

「ストップ、後ろからじゃなくて前からがいいな」

「ま、前？」

「うん。ケイに見つめられながら気持ちよくなりたい」

そんなむちゃくちゃな。向かい合った状態で肩を揉むなんて、そんな恥ずかしすぎることできるわけないじゃないか。

「わ、わがまま言わないでよ」

「どうして？　昨日から今日までこれだけ焦らしておいて、普通のマッサージするだけでお預け？　ひどいなあ。そんなのってないよね」

「普通の何がいけないのさ」

「わかってるくせに。女の子の口から言わせるなんて、ケイは悪い男の子だね」

なんだ、この流れは。どうあっても僕を悪徳マッサージ師の道に突き進ませたいという、強い意志を感じる。

「こ、今度ね。……今度、今度、ちゃんとするからさ」

もはやゲシュタルト崩壊しかねない、何の約束にもなっていない『今度』を僕は必死で口にした。

「ふーん、じゃあマッサージはもういいかな。十秒間、私の目をじぃっと見て。それぐらいならできるよね？」

「ま、まぁ。それぐらいなら。でもマッサージをして欲しかったんじゃないの？」

「私にとってはどっちも施術なんだよ。まぁ、今からしてもらうのは心の、だけどさ」

さっぱりわからない。千景の考えることは、だいたいいつも難解である。

「私さ……自分の顔が死ぬほど嫌いなんだよね。でもケイが肯定してくれるならさ、少しは好きになれる気がするんだ」

どういうことだろう。

「悩みがあるなら、ちゃんと聞くよ。僕にできることならなんでもする」

千景の眼を真っ直ぐに見ながら、僕は力強く断言した。

「なんでもだなんて軽々しく口にしちゃダメだよ。女心もわかってないくせにさ」

「わかってないのは千景の方だよ。冗談か本気かぐらい、目を見たらわかる。僕は、からかい耐性は皆無だけど、本気の告白を勘違いするほど鈍くはないよ」

「ケイってたまに……すごく恥ずかしいこと、平然と言うよね……？　まー、そんなたいそうな話でも……ないんだけどさ」

そう自嘲気味に呟きながら、千景は過去を懐かしむように語り始めた。

＊

醜形恐怖症。

それが医師に診断された私の病名。鏡を見るのが怖い。自分の顔を直視できない。化粧をする時でさえ、目を閉じて下を向くようにしている。

だから私は普段からマスクを着けて、マスクなしでは外を出歩けない。

口許を隠すための仮面。それを外すことは裸になるのと同じぐらい恥ずかしいし怖い。

最初はこうではなかった。キッカケは小学生の時、ブスと囃し立てられて、陰湿ないじめにあったこと。私はその時から自分の顔が嫌いになった。

庇ってくれたのは司と桜子だけ。二人とは幼稚園の頃からの付き合いで、三人でいる時はマスクを外せる。

後々知ったのだけれど、私のことをブスだと言った男子たちは、私に好意を持っていたらしい。どうでもいい。だって私の恐怖は消えてくれなかったから。

中学に上がって、私の生活環境は激変した。

クラスで一番かわいい女子と言われ始め、ゾッとした。

確かに鏡の中の私は綺麗な顔をしている。肌もきれいで、目も大きくて、鼻筋がすっと通っている。でもその奥にはおぞましいものが潜んでいる。醜い顔が潜んでいる。

鏡を見るたびに、自分の顔が醜く思えて仕方なかった。

でもマスクを着けてる時だけは、顔を隠せるから安心できる。

誉め言葉を受け入れるための仮面。自分を肯定してあげるための仮面。そんな上っ面を評価されたって、嬉しくもなんともない。

そんな自分がどうしようもなく嫌いで、不躾な周りの視線はもっと嫌いだった。

恋愛なんてもっての外。

私にトラウマを刻んだのは異性という生き物で、それは私の中では異物そのもの。

そう、思っていたんだけどな。――ケイに恋をするまで。

自分の気持ちだとか、もっとこうして欲しいとか、そういう感情はところどころぼかしつつ、私はケイに過去を打ち明けた。

我ながら、なんて重い女なんだろうと思う。でもケイなら私の気持ちをわかってくれるだろうという確信があったから、素直に打ち明けられたんだと思う。

＊

千景の話を聞き終えた僕は、しばらく何も言えずにいた。

……重い。重くて、痛い……。僕の想像力なんてたかが知れているけれど、千景の悲しみと苦しみは十分すぎるほどに理解できた。

さんざん陰口を叩かれてきた僕だからこそ、わかることもある。

ただ、僕に対する悪意と千景に対する悪意の本質は違う。

好きな女の子に「ブス」と言ってしまう、いわゆる好意の裏返し。それは気になってるからこそついちょっかいをかけたくなるという、小学生特有のアレだろう。

子供だから。まだ幼いから。そんな免罪符が時に凶器となりうることを、子育てをする親はもう少し深く理解すべきなのかもしれない。

そうして千景のような被害者が生まれる。

腹が立つ。何もできない自分に。だけど。悩んでる人、困ってる人、苦しんでる人のことを想って、行動に移せる人間でありたい。そう思う。

「話してくれてありがとう」

「ううん、こちらこそ。聞いてくれてありがとね」

こういうとき、気の利いたことを言えたらいいんだけどな……。辛いね、と同情してしまえば、きっと千景はもっと辛くなってしまう。

わかるんだ。……母さんが死んだときもそうだった。あかりになんて声をかければいいか、わからなかった。表面をなぞっただけの言葉は、お互いの傷を深くするだけだった。

辛いね。悲しいね。苦しいね。呟いたそんな一言一句が、傷をえぐる刃になる。

だから僕は上辺だけの慰めを決して口にしない。

「千景は今でも戦ってるんだよね。自分の心と」

「そうだね」

そう微笑む千景の顔は、儚くて、美しくて、そして少し憂いを帯びていた。

「じゃあちょっとずつでいいから、治していこうよ」

「……え？」

同情するのは簡単だけど、単なるキレイごとにしちゃいけない。

誰かが向き合わなければ、千景の心の傷はずっと残り続けてしまうだろうから。

「ひとりで戦えなんて言わない。僕も一緒に戦う。いつか千景が素顔を見せても大丈夫って思えるぐらい……もっと頼りになる男になるって誓う。約束する」

僕は千景の手を握り、固く誓う。

あの日あかりに、世界で一番かっこいい兄になると誓ったときのように。

まぁ、あかりには「アホなことゆうてんと、さっさとごはん作ってや」と一笑に付されたのだけれども。でも暗闇に光が差すキッカケなんて、案外そんなものだったりする。

「も、もしかして、私……告白されてる？　ウソ、このタイミングで？　まだ心の準備が整ってないんだけど」

「え？　ち、違うよ。ただ僕はもっと頼って欲しいっていうか……」

「でも手、握ってるよね」

へ？　あ。わわ、っと慌てて手を離す。

「……そ、それは言葉だけじゃ伝わんないと思ったから……つい」

「つい、なんだ。ケイは私と同じ境遇の女の子がいたら、つい手を握っちゃうんだ。誰にでもそういうことしちゃうんだ。ふぅーん」

「ど、どうしてそうなるのさ」

「ふふっ。まーケイが背中を押してくれるっていうなら、マスクを外すのもやぶさかではないけど、ね？　まいったなぁ。すごく恐いのに」

「あ、ごめん。……そんなつもりじゃ。無理はしなくていいからね」

「ここまで焚きつけといて最後に尻込み？　ケイのそういうところ嫌いじゃないけど、ちょっと卑怯だと思うな」

「……でも、簡単に外してとは言えないよ」

「べつにいいよ。私も変わりたいと思ってたし。だってこのままだと、結婚式でキスもできないでしょ？」

「え、あ。そうだね」

「私さ、平安神宮で式をあげたいんだよね。誰と、とは言わないけど。ロマンチックで素敵じゃない？」

「あー、うん？」

「じゃ、予行演習ってことで。顔、そらしちゃメッだからね？」

そう言って、両眼を三日月みたいに細め、にへらぁと微笑んだ千景は、ゴム紐に指をかけて、ゆっくりとマスクをずらした。

その手は震えていた。

白い肌を縁取る輪郭が徐々に露わになり、厚み、色、質感、どれを取っても一級品の唇が姿を見せる。その瞬間、僕は思わず息を呑んだ。……キレイ、だ。と。

「か、感想は？」

「す、すごくキレイです」

「ケイってずるいよね。それってさ、私の気持ちを知ったうえで、もっと好きにさせようって魂胆なわけ？」

「……えと、なんのことかな？」

「ああ、もうダメ。これ以上は活動限界。……恥ずかしいし、怖いし……だから」

丸椅子から腰をあげた千景は僕の胸に頭をトンと預けて、それから背伸びをしたかと思うと――かぷりっ！　いてっ。

「ごめんね。でも、もう少しだけジッとしてて」

僕のワイシャツの襟を軽く掴んで、吸血鬼みたいに首筋を甘噛みする千景。

一度だけ歯を立てた後は、唇で軽く吸い付いてくる。

「な、な……なにしてるの？」

「ケイが私のモノだっていう証をつけてるの――ん……終わったよ、予行演習」

「……え、えと」

「あ、暑いね……？　この部屋。……ごめんケイ、私先に戻るね？」

マスクを着け直し、耳を真っ赤にしながら、そそくさと立ち去る千景。

そこで、ようやく思考が追いつく。……やばいなあ、これ。と。

ぶんぶんと頭を振り、あかりの顔を思い浮かべて、煩悩を振り払う。

しゃ、シャキッとしろ、京坂京。僕にはやるべきことがあるだろ……。青春を捨ててでも成し遂げることがあると、そう信じてやまない想いが胸に宿る限り。

僕は自分の心に嘘をついてでも、千景の好意に気づかないふりをする。

＊

五限目と六限目を終えて残すはＳＨＲのみとなった、さながら放課後に片足つっこんだかのような閑散とした雰囲気。明日からゴールデンウィークということで、クラスメイトたちはどこか高揚したムードを醸し出している。

「というわけで、羽目なんてものは普段から外すものであるからして、連休中だけ羽目を外すなんてのはバカのやることだ。小野や醍醐のように髪を染めたければ、まずは学力テストで学年二十番以内に入るのが当然。いいな」

クラスの担任兼情報科担当である女教諭の太秦先生から、ＧＷ中の留意点およびばか騒ぎしすぎないようにという遠回しなお達しを受けて、僕は内心ドキッとしていた。

さっきの千景とのあれやこれやを見透かされているのではないか、なんて。

無論、そんなわけはないのだけれども。浮かれすぎないように……か。それは明日から三日間ぎっちりとバイトが詰め込まれている僕にとっては、とてもタイムリーな話題だ。

「ね……ケイ。さっきの証は、見せびらかしちゃダメだからね」

太秦先生の目を盗んで、千景がこそこそと耳打ちしてくる。

よくわからないけど……とりあえず頷いておいた。

幸いにも、クラスメイトたちは僕と千景の些細なやり取りを気にも留めなかったようだった。まあ先生の目を盗んでこそこそ話なんて、よくあることだしね。

だけど、その数秒のやり取りを、ツーちゃんとさくらだけは見逃さなかったらしい。


「千景とおけいはん。もしかしてヤッた？」

放課後。いつも通りマンションの一室でバイトをしていると、ツーちゃんに好奇の視線を向けられて僕と千景は肩をはねさせた。

「ば、バカ言ってないで、作業に集中しなよ司」

「絶対なんかあったっしょコレ」

「ソウルメイトに隠し事なんて水臭い」

「べつに……何もないから」

「その反応は！　…………ウソをついてる『反応』だぜ、烏丸千景」

「だぜ」

有名なポーズをキメながらのツーちゃんのセリフに、ハモりながら同調するさくら。

「だから、本当に何もないんだって」

「はいダウト！　反応がホンキっぽいからダウト！」

「何かあったことは明白」

「ああ、もういい。台本チェックしてるから、話しかけてこないで」

僕はというと、三人の輪に混ざることもせず黙々と壁を拭いていく。というより、反応したら負けだと思っている。まあ……その内バレちゃうとは思うけど。

証、ね。

（……千景は見せびらかしちゃダメって言ってたけど、どういう証なんだろう？）

その答えは帰宅後すぐに明らかになる。

千景がつけた証というのが『キスマーク』だと判明したのは、洗面所で制服のシャツの前を開けた瞬間だった。

首筋が変色していたのでおたおたしていると、あかりが、「お兄それキスマやん。あの三人の内の誰かともうそこまでいったんか。やるなあ～」とニヤニヤしながらからかってきたもんだから、僕は思わず握り締めていたネクタイを床に落としてしまった。

……ちょっと吸われただけで、こんな痕が残るのか。

鏡に映る自分の首筋についたソレを見て、僕は顔が熱くなるのを感じた。

そして、千景の「見せびらかしちゃダメ」という言葉の意味をようやく理解するのであった。

四月二十七日。ゴールデンウィーク初日。

連休中も、もちろんバイトである。三人の作業の邪魔をしないよう掃除機をかけたり、シーツを交換したりといった家事仕事をこなして、時刻は十二時過ぎ。

食材の買い出しやら、お昼ご飯の用意なんかのこまごまとした雑用をこなす。

「ごっそさま～」

「おいしかったよ」

「肉じゃがなんて食べたの久しぶり。京くんありがとう」

「いえいえ、お粗末様でした」

「うちら家庭的料理に飢えてっから」

「だね。この歳（とし）で煮物に焦がれるなんて、ちょっと恥ずかしいけど」

「司（つかさ）も千景（ちかげ）もババ臭い」

「どーせ十年たったらみんな三十路（みそじ）じゃん。十年なんてあっという間っしょ」

「まあ、そうだね」

「それについては同意する」

……この人たち、本当に女子高生なのだろうか。同年代の女子よりも達観した会話を繰り広げる三人を尻目に、僕はシンクで皿を洗うのであった。

四月二十八日。

「やっぱツーちゃんの絵ってすごいね」

「ふふーん、それほどでもーあるかな？」

僕は掃除の手を休めて、ヤコムの液タブにペンを走らせているツーちゃんに尊敬の念をはらう。

いわゆるデジタル画の制作工程は素人目（しろうとめ）には何が何だかわからないけれど、線も塗りもすごく丁寧に為（な）されているのがありありと感じられる。

「これはなんのイラストなの？」

「次の絵師百人展で展示予定のイラストだぴょん」

「へぇ。すごいなぁ。僕は絵の才能が壊滅的だから、美術の先生にやる気ないって思われてるみたいなんだよね……」

ついそんな弱音がこぼれてしまう。僕の画力に、美術教師である馬場先生が見切りをつけたことは事実で、今では空気扱いされてる。

あかりに至っては「お兄の絵ってほんま独創的よな、一生売れへんピカソになれんで」などと身内だから遠慮なく毒を吐いてくる始末だし、かなり凹むよね。実際。

「アタシも最初はヘタッピだったし、気にするヒツヨーなくね？」

「え、そうなの？」

「もち。むしろ才能ある人の方が怠けたりしがちだし、人間誰でも能力は伸ばせるんだからさ、おけいはんがホンキでうまくなりたいならアタシが個人指導してあげよっか？」

「いいの？」

「もち！」

「それじゃ、お願いしていいかな？」

そんな僕たちのやり取りをじとーっと見ていた千景が、やがておもむろに口を開く。

「ねえ、司。ケイとふたりきりになりたいからって、そういうのずるくない？」

「ジェラるなジェラるな。アタシがおけいはんに手取り足取り教えてあげんのは、本人のモチベーションアップに欠かせないプロセスなんですケド～？」

「司はそれっぽいこと言ってるだけじゃない？　私にはただのムッツリスケベにしか見えないんだけど」

「撤回しろー。アタシのこの純真な瞳を見ろー」

「無理だから」

ぎゃいぎゃいと口論を始める千景とツーちゃん。

「京くん、ちょっといい？」

キーボードから手を離したさくらが、手招きで僕を呼ぶ。

「どうしたの？」

「休み明けに学校で手伝ってほしいことがある」

「うん、わかった。なにをすればいいのかな？」

「図書室の書架整理。時給もはずむ」

「え、ば、バイト代が発生するの？」

「当然。わたしは対価として労働力を求める。ギブアンドテイク」

嬉(うれ)しいけど……こんな風に、何から何まで甘えちゃ申し訳ないというか。

「ふーん、桜子（さくらこ）もそうやってズルするんだ」

「千景はこの前の昼休み、誰にも邪魔されることなく二人っきりの時間を作った」

「それな」

「そういうときばっかり結託するよね。まあ、いいけど。ね、ケイ。今から私とどっか遊びに行かない？　気分転換にもなるしさ」

「ごめん千景。今はほら、バイト中だから」

「……へぇ。私とバイトどっちが大事なわけ？」

「もちろんバイトだよ。それだけは譲れない」

　僕は即答する。自分のことばかりで恐縮だけど、優先度的にはやはり、家族＞（越えられない壁）＞千景なのだ。

　もちろん僕に手を差し伸べてくれた三人には感謝はしてるし、千景の好意にもできる限り応えてあげたい。だからって僕が彼女の要望すべてに応えるかどうかは、別の話で。

「ごめんね千景」

「……ううん、こっちこそごめん。今のは私が意地悪だった。ケイが頑張るのはあかりちゃんのためだもんね。将来の私の義妹（いもうと）のためだもんね」

　ん？　最後の方がよく聞き取れなかったけど、なんか聞き逃してはいけないことを言われた気がする。

「そうだよ。あかりのためだから」

「うん、応援してるよ」

「ありがと千景」

そんな僕と千景のやり取りを、ツーちゃんとさくらは呆れた風にながめているのであった。

＊

六条慶太は父親の帰宅に、居ずまいを正して玄関まで出迎えた。

「と、父さん、お帰りなさい」

「私を父と呼ぶな、このろくでなしめが！　醍醐家及び被害者の方々への示談金を含め、マスコミや週刊誌を黙らせるために、私がいったいいくら支払ったと思っているのだ？　お前のようなバカは息子などではない！」

「ご、ごめんなさい」

父親の怒声に、六条は震える声で謝罪した。

「まったく、和代がお前を甘やかしすぎたせいで、ろくな教養もない低能に育ちよって」

「か、母さんのことを悪く言うのはやめてくれ。悪いのは全部、俺なんだから……」

「お前、その歳になってまだ母親離れができていないのか？　呆れたやつだ。母親の愛を求めるあまり、性根がねじ曲がってしまったのだ。それが今回のような事件を引き起こしたのだ。よりにもよって、女性を眠らせて身体を弄ぶなど。どこの誰がそんな真似をしろと言ったのだ、ええ？」

父親は六条の胸ぐらをつかむと、壁に叩きつけるようにしながら、恫喝した。

そのあまりの威圧感に、六条はただ震えることしかできない。

ダメ息子に対して容赦なく怒りをぶつける様は、まるで愛憎の念が入り混じっているかのように苛烈だった。

血が繋がっているからこその遠慮のなさ。もっとも……たとえ血の繋がった父親でなかったとしても、彼は一切の容赦をしなかったであろうが。

大手芸能プロダクションの社長である六条文太という男は、昔からそういう人だった。

「私がお前を勘当しない理由はただ一つ。それはお前がまだ学生で保護者となる存在が必要だからだ。いいか、よく聞け！　執行猶予期間が終わるまでの数年間は、この家でおとなしくしていろ。さもなくば、お前をこの家から追い出す！　己が犯した過ちを正しく理解し、反省し、心を入れ替えろ。そうでなければ、いくら血が繋がっていようとも……私はお前を容赦なく切り捨てる！」

父親は六条の胸をどんと押して突き放すと、靴を脱いで家の中へと上がった。

その背中を見送りながら、六条はぎりぎりと奥歯を嚙み締めていた。

「クソ親父が……☆1の親ガチャほど信用できないものはねぇな……」

六条はぼそりとそう呟くと、どす黒い笑みを浮かべた。

「こうなったのもすべて……あのスカした女どもと、俺をなめくさった京坂というクソガキのせいだ。ひひ……復讐してやる。どんな手を使ってでも」

六条は嗤う。

それは、取り返しのつかない道を進む覚悟を決めた男の邪悪な笑みだった。

第四章　三者三様のアプローチ

昭和の日から憲法記念日までの期間、祝日に挟まれた三日間は登校日であり、暦も四月から五月に移りゆく。

生徒たちは「魔の三日間」と呼び、億劫がる者が多い。

いわゆる五月病の初期症状に悩まされる期間であり、クラス替えがあって環境が変わったばかりの時期でもあり、尚且つ連休明けには中間テストが控えているという、生徒たちにとっては希望が持てない日々が続くからだ。まあ一番の理由は、連休と連休の間に挟まれた平日という、イメージのダレた学校生活にあるのだろうけれど。

昼休み。美術室前。

「失礼します」

僕はノックをしてから、美術室の扉を開ける。油絵独特のちょっぴりキツイ匂いが立ち籠める部屋の窓際で、ツーちゃんは独りキャンバスと向かい合っていた。

「遅くなってごめん」

「いいってべつに、アタシから呼び出したようなもんだし。それに今、絵の具乾かす作業してるから割と暇だったし」

「教えてほしいって言ったのは僕だからね」

「にひひ、そうまでしてアタシに指導してほしかったカンジ？」

「ま、否定はしないよ」

「ぶぅぶぅなんかつれないー」

「ほら、冗談はともかく……時間もあまりないんだし早くやろ」

僕はブレザーを脱ぎ、ワイシャツ姿になる。

袖をまくりつつ、その辺に置かれている鉛筆をひとつ手にとった。そのまますぐに没頭せんばかりの雰囲気でスケッチブックに向き合う。

しかし、当の指南役のツーちゃんはどこか上の空から帰ってきそうにない。

「ツーちゃん？」

「あーいや……ブレザー脱いだおけいはんに見惚れてたワケじゃないかんね？」

「そっか」

さらりと聞き流して、僕は一心に風景の模写を進める。

さらさら、かきかき、ごしごし。

さっさ、すっす、さっさ。

美術室に響く、鉛筆と消しゴムの軽やかな音。白と黒と灰色の世界。消しカスまみれのスケッチブックに鉛筆を走らせながら、僕はチラリと右隣に座るツーちゃんを見る。

「どー、かな？」

「ぷはっ、おけいはんの絵、絶妙にヘタクソ」

ツーちゃんは僕の描いた風景画を見てケラケラと笑い転げる。

「……だからそう言ってるじゃないか」

「あはは、ごめんごめん。うまいより下手な方が味があるんだけどね。イラストって結局、画角の中にひとつのものをどう入れるかだから。アングル次第で化けることもケッコーあるし」

「そうなんだ。勉強になります」

「ま、馬場ちゃんは基礎をケッコー重要視する傾向があるから、おけいはんはとりあえずそこらへんにある小物とかで練習した方がいいかな」

「じゃあアドバイスに則って小物のデッサンから、はじめてみるよ」

「ちょっち待って。やっぱ趣旨変更」

ツーちゃんはニヤリと口角を上げると、僕の背後までやってきて耳元で囁く。

「アタシがモデルになってあげよっか？　ヌ・ー・ド・モ・デ・ル」

「え？」

「ほら自分の本能に従う方がイイ絵を描ける的な？　漫画家としての才能はなかったけど、エロ漫画家としての才能ならピカイチって人もいるし、アタシもエロ画見ながら練習したクチだから。その方が上達も早いってワケ。うん」

なに言ってるんだこの子。

「僕はエッチなイラストを描きたいんじゃなくて、先生に目を付けられないぐらいにレベルアップしたいだけなんだけど」

「だから、その上達のために一肌脱いであげるって言ってんの。パフォーマンスアートの分野じゃヌードモデルを起用するのはデフォだし、エッチだけど芸術的側面もあるから、ちょうどいい題材だと思うんよ。アタシなら、おけいはんの要望にも応えられるし」

「んー……」

「バイトとはいえ、おけいはんはもう『メロウ』の一員なワケじゃん。ならイラストに対して理解を深めておくべきじゃね？　アタシの提案を受け入れないってことは、アタシらの活動に理解を持たないってことになると思うんだケド」

ツーちゃんはじっと僕の瞳を覗き込む。

それは確かに、一理あるかもしれない。僕はクリエイターじゃないけど、サークル『メロウ』のメンバーのひとりでもあるんだし。

絵に対する理解が浅いままお手伝いをするのは、確かに失礼にあたる。

そうか。ツーちゃんは『個人指導』という名目で、僕がもっと仕事に対して真剣に取り組むよう促してくれているんだ。やるぞ。僕は意を決して、鉛筆を持ち直す。

「よし、お願いするよツーちゃん。ちょっと恥ずかしいけど、モデルになって」

「へ？」

ん？

「ふ、ふーん。そんなに脱いでほしいんだ。おけいはんってやっぱエッチじゃん」

「ツーちゃんが言い始めたんでしょ？　芸術的側面とかなんとか言っときながら、もしかして僕をからかってたとか？」

だとしたらひどい話である。

「そ、そんなわけないし！　おけいはんのバカ。あんぽんたん」

「だ、だよね。一瞬でもツーちゃんを疑ってしまった僕を許してほしい」

「ば、バカにすんなし。アタシは脱げる女だから」

その宣言はどうかと思うけれど。

ツーちゃんは僕に背を向けながら腰に巻いたブレザーをほどき、ブラウス、スカートの順に脱いで、下着姿になる。上も下も、白。レースがふんだんにあしらわれた清楚(せいそ)で可愛(かわい)らしいデザインのショーツはおそらくTバックと呼ばれるもので、剝(む)きたてのゆで卵のようにぷりっとしたお尻が丸見えになっている。

意識するな、という方が難しい。ドッドッド……と、僕の心臓が跳ねる。

「……ねね、おけいはん。やっぱ下着はつけたままでもいい？」

「脱ぐのが恥ずかしいなら制服を着たままでもいいよ」

僕としてもそっちの方が助かるし。

「やっぱ脱ぐ」

「え、どうしてさ？」

「おけいはんに気ぃつかわれてんのが逆にムカつくの！」

「意味がわからないよ。無理しなくていいんだってば」

「うッさい！　脱ぐったら、脱ぐのッ！」

癇癪(かんしゃく)を起こしたように叫びながら、ブラジャーのホックを外すツーちゃん。スカッ。

そんな擬音が似合うほど、下着から解放されたおっぱいは平面的だった。

うん。サイズは問題じゃない。

ドックン。ドックン。と、僕の胸が高鳴っているのがその証拠だ。

距離が近くなってつい忘れてしまっていたけど、ツーちゃんは校内三大美女のひとりで、学園のアイドル的存在。そんな子の脱衣シーンを特等席で拝めるなんて、一生分の幸運を使い果たしてしまった気分である。

ダメダメ……これは絵の上達のためにやってることなんだから。それにイラストの理解を深めるためでもあるんだ。

集中集中。

これも仕事の一環だと自分に言い聞かせながら、僕はショーツに手をかけるツーちゃんを黙って見守ることに徹した――。

かりかりかりかり。

鉛筆を走らせる音が美術室に静かに響く。ツーちゃんは大事なところを両腕で隠しながら、時折くねくねしつつポーズを変えている。

手が震える。ツーちゃんのような美少女の脱ぎたてホヤホヤでほかほかの裸なんて、漫画やアニメのなかだけの存在だとばかり思っていた。

かつてないほどに、僕は緊張していた。いまにも脳みそが沸騰して倒れそうだ。

理性を総動員させてなんとか持ちこたえる。

「あの、そんなに動かれると描きづらいんだけど……」

「ううう、おけいはん、冷静すぎ。裸になったらおけいはんのアタフタしてるトコロが見られるかと思ったのにぃ……」

「はぁ」

ネタバレがひどい。やっぱり僕をからかうためだったんじゃないか。

と、軽いため息がもれる。

冷静なわけがない。いやホントに。

僕が冷静だったら、ヌードデッサンを提案された段階で断っている。

想像してみてほしい。

学校の美術室で、同級生の女子に全裸になってもらい、デッサンをする。

字面（じづら）だけで事案である。

「……うう、アタシがAカップなのがいけないんだ。アタシが貧乳だから、おけいはんは動揺してくれないんだ！」

「はい？」

「いでよシェンロンッ！　今すぐおけいはんをギャフンと言わせる脂肪を授けてちょうだ

いッ！」

また訳のわからないことを。

「大きさなんて関係ないってば。胸のサイズなんて人それぞれオンリーワンでしょ？」

僕、なに語ってんだろう。思考回路がショートしてるな、これは。

一応、言外には〝おっぱいに貴賤なし〟の意味を込めてみたんだけど、

「それはアタシの胸が唯一無二のチッパイって煽りなワケ⁉」

通じてないし。勝手に自滅してるし。

「誰もそんなことは言ってないでしょ」

「じゃあなんでおけいはんはそんなに落ち着いてんのさ！　童貞のくせに！」

ツーちゃんはぷんすかと頭から湯気を噴き出しながら、僕に食って掛かる。

僕は一瞬気圧されるも、すぐに反論する。

「今、童貞は関係ないでしょ？　ツーちゃんだって処女のくせに」

「……な、なんで処女って断定できるん？」

「見てりゃわかるよ。その純朴な反応から察するに、キミは間違いなく処女だ。そりゃ格好はギャルっぽいけど、ツーちゃんってウブそうだし」

「んぬううう……おけいはんのくせに……」

ツーちゃんは耳まで真っ赤になりながら、悔しそうに歯噛み（はが）している。

まったく。人の気も知らないで。

僕は椅子にかけていたブレザーを持って立ち上がり、てくてくと歩いていく。

「な、なに？」

警戒するツーちゃん。

「お、おけいはん……もしかして、アタシに乱暴する気……？　や、優しくシてね？」

「乱暴なんてするわけないだろ」

僕はツーちゃんの肩にブレザーをかける。

「なな、なに突然？」

「これ以上はやっぱりダメだと思うんだ」

「そ……それって、どゆ意味なカンジ……？」

「どうってそのままの意味だけど」

「アタシなんかじゃモデル……は務まんないってこと……？」

ツーちゃんの声が震えてる。僕は首を振って否定した。

「違うよ。違うって」

「じゃあ、どういうことなん？」

「……これ以上は、さすがに恥ずかしくて描けないってことだよ。……モデルが務まらないなんて、本気でそう思ってるなら自覚がなさすぎる」

僕はそっぽを向きながら呟くように言った。

「～……ッ！」

それがトドメとなり、ツーちゃんはへなへなと床に座り込んでしまうのであった……。

＊

五月二日。明日から再び連休がやってくるというその日の放課後。

「おけいはんお先にバイバイキン」

「またあとでねケイ」

「うん、またあとで」

ひらひらと手を振るツーちゃんと千景を見送りながら、僕は鞄を持ってゆっくりとカクカクの廊下を歩く。

先日、さくらに書架整理のお手伝いをお願いされたので、図書室へと向かっている途中である。普通教室を収容する校舎から渡り廊下へと出て、コンピューター室や美術室や視聴覚教室が集まる特別教室棟へと向かう。

さくらが待っている図書室はそんな別棟の三階にあり、あ……。

その道中、運動場を一望できる渡り廊下の赤い自動販売機前で、陽キャグループの筆頭である東山君や蹴上さんたちの姿を目撃した。

彼ら彼女らは僕に気づくこともなく、わいわいがやがやと楽しそうに会話を繰り広げていて、どうやら連休中にどこか遠出しようと計画を立てているようだ。

「やっぱ、ゴールデンウィーク後半は琵琶湖一択じゃやねじゃやね？」

「五月に琵琶湖はねーだろ」

「あーし今年はマジで三桁超え狙ってっから、できればビキニ着て男どもを魅了してぇの。ね、梨央？」

「あれ心愛、この前のセフレ君とはもう終わったん？」

「そんなんとっくの昔現象だし。だってアイツ、超へたっぴだし」

「なはは、まーじウケるー！」

……おうふ。

なんというか、こういう会話を聞くと、高校二年生という時期がひどく刹那的に思えてならない。まだ五月だというのにもう泳ぎに行く予定を立てていて、しかもその内容ときたら年頃の男女にしてはいささか下世話が過ぎるし。

きっとオトナになったら、こんな話を大声ですることもなくなるのだろうなあ。

とまあ、そんな益体もないことを考えながら、僕はリア充グループの脇を通り抜けようとする。そのときだった。がしっ、と、蹴上さんに腕を摑まれてしまった。

「京坂ちゃんじゃん」

「ど、ども」

「なーにしてるん？」

「あー、いや、その……図書室に用事があって」

一瞬、逃げ出したい衝動にかられたけれど、相手は二年生のカーストのトップにいる女の子。失礼な態度は取れない。

「ごめんね。急いでるんだ……あはは」

だから僕は苦笑いを浮かべながらそう答えた。

「えー、つれねーの。でもそーいうとこもかわいくて好きかも」

蹴上さんこと蹴上心愛。

小麦色に焼けた健康的な肌と黒髪のゴールデンポニーが特徴的な女の子で、校則違反ギリギリの短いスカートと、そこから覗くセクシーな太ももは、男子をドキッとさせるには十分な魅力を備えている。

首元を飾るネックレスもお洒落だけど、一番目を引くのはやっぱり豊満な胸の膨らみだろう。多分、Fカップ以上あると思う。

ツーちゃんとはまた違ったタイプのギャルで、経験人数はそろそろ三桁になるとかなんとか。ここ最近、なぜか僕に興味を持ったらしい彼女は、こうやってちょくちょく声をかけてくるのだけど……正直なところ、僕は蹴上さんが苦手だった。

その理由は至って単純で、端的に言って怖いのだ。

鋭い目つきとか、態度が威圧的なところとか、そういうところを苦手に思っているわけじゃないんだけども……何というかこう、彼女の爬虫類のような瞳の奥底には僕を捕食対象として見るような光があって、それがなんだかとても怖いのだ。

まあ要するに僕はビビりなんですけどね！

「おい心愛、京坂なんかほっとけって」

「えー、なんでー？　京坂ちゃん、超かわいいじゃん」

「あの、僕、急いでるから行くね」

「ほーい、今度どっか遊びいこね？」

「あぁ、えと機会があればね」

「桶狭間！　あそだ、司にさー、夏になったらお祭りいくべって伝えといてくんない？」

「わかった。伝えておくよ」

「んじゃーね。ギャラクティッカサラダバー」

「さ、サラダバー」

僕は逃げるようにしてその場を去った。

夏祭りか。今が五月だから、あと二、三ヶ月先のイベントだ。ツーちゃんと蹴上さんはちょくちょく話をする間柄っぽくて、ギャル同士で気が合うのだろう。

蹴上さんはともかく、ツーちゃんの浴衣姿は見てみたいな。

いや、まあ僕はお呼びじゃないだろうけど。

そんな風に思いながら、僕は図書室のドアを開けた。

よく耳を澄ませば、上階の吹奏楽部の演奏が聴こえてくるぐらいに閑静な図書室。

その隅っこに目的の人物はいた。女の子はひとりパイプ椅子に足をのせながら、黙々と、本棚の高いところにある本へ手を伸ばしている。

ソメイヨシノカラーに染まった色素の薄い髪はボブヘアで、透き通るような白い肌は、触れただけで溶けてしまいそうなほどに儚げだ。

まるでおとぎ噺に出てきそうな、妖精のような可憐さを振りまきながら、醍醐桜子は僕の足音に気づいたようで、ゆっくりとこちらへ視線を移した。

「遅れてごめんね、さくら」

「お掃除ご苦労様、京くん」

「あれ、なんかご機嫌だね？」

「別にそんなことはない。京くんと二人きりというシチュエーションに少し興奮してるだけ」

二人きり。その響きに何かむず痒いものを感じつつも、僕はパイプ椅子に足をのせているさくらへと歩み寄っていく。

「書架整理だったたね。手伝うよ」

「ありがとう。助かる」

「そういえば他の図書委員はどうしたの？」

「わたしが引き受けて帰らせた。やる気のない人たちと一緒にやっても時間の無駄だから、それなら京くんと一緒に……」

ちょっとキツめの言葉を吐きながら、さくらは背伸びをする。

でもその足は本の背表紙まであと数センチで手が届くというところでぷるぷると震えていて、あともうちょっとなのにうまく取れないみたいだ。

「危ないから僕が取るよ」

「そうみたい。お手数をおかけします」

「いやいや、なんのなんの」

パイプ椅子から降りたさくらと交代して、今度は僕が椅子の上へと足をのせ、本棚の上段にある目当ての本を引き抜いた。

「そのシリーズはKの棚の三十七番目に移動させて欲しい」

「シリーズ？　あー横一列全部移動させるんだね。おっけ」

「さすがは京くん。話が早い」

「こう見えても僕、パレオ・ダイゴローの図書館の常連だから」

「わたしもよくあそこの図書館に行くけど、京くんを見かけたことはない」

「きっとタイミングの問題だと思うよ」

「そうかも。それが終わったら、返却された本を書架に戻すのを手伝って欲しい」

さくらの視線の先にあるブックトラックには返却本が所狭しと収納されていて、いちおう分類ごとに揃えられてはいるものの、それでもかなりの量だ。

けれどまあ、集中して作業すれば三十分もあれば片付くだろう。

僕はそう判断して、さくらと共に書架整理を始めた。

黙々と、時折会話を交えながら作業を進めていく。

図書室はほどほどに静かだ。

トランペットの音だろうか。さっきよりもハッキリと吹奏楽部の演奏が聴こえてくるけど、特別うるさく感じることもない。

作業は思ったよりも早く終わり、僕とさくらは夕日に染まる図書室の中、適当な席について休憩を取っていた。

「おつかれさま京くん」

「さくらこそ」

「これはちょっとしたご褒美(ほうび)」

「ありがとう。図書室って飲食物持ち込みＯＫなの？」

「書架整理をしたからこれぐらいの役得はあってもいい」

「そっか」

さくらがくれた小さな紙パック飲料を、僕はストローを差していただく。

中身はリンゴ味のジュース。甘酸(あまず)っぱい。

「そろそろ帰る？」

「もう少しだけ本を読ませて」

「わかった」

　さくら一人だけ置いて帰るわけにもいかないし、僕は欠伸を噛み殺しながら本を読み進めるさくらを眺めていた。

　ページをめくる、かすかな音。淑やかに視線を落として、また本を読み進めるさくら。

「さくらの読んでる本ってどんな内容のものなの？」

「ＳＭ」

「ぶっ！」

　僕は口にしていたジュースを、盛大に噴き出してしまう。え　す　え　む？

「京くん、汚しちゃダメ。掃除したばかり」

「ご、ごめん……けど、それって結構エグめのやつじゃない？」

「読んでいるのはハードなものじゃない。いわゆる純文学作品と呼ばれるもの」

　手に持っている文庫本の表と裏を交互に見比べながら、さくらは滔々と語る。

「日本の大きな小説賞に輝く作品はけっこうどろどろとした恋愛ものが多い」

　うん。と僕は相槌を打つ。

「エロを否定する人は多いけど、文学ならあり、みたいな。曖昧な境界線が引かれてることにわたしは納得がいかない。直接的な表現を使用すればアダルト向けコンテンツで、独特な表現方法を用いれば大人が読む本になるなんて、変」

ふむふむ。

「だからわたしはどっちもいいとこ取りした作品を書けるよう勉強中。源氏物語みたいなハーレムものとか、考えさせられるギャルゲーとか。それがわたしのスタイル」

さすがは現役の売れっ子女子高生ラノベ作家。

さくらには『芯』だとか『核』のようなものがあるのだろうなと、僕はどう答えるべきか悩みながらそんなことを考えた。

「さくらは本当に勉強熱心なんだね」

「そんな他人事のように言わなくてもいいのに」

「ご、ごめん」

僕は慌てて頭を下げた。一瞬、怪訝な表情を見せるさくらだったが。すぐに片手でメガネの位置を直しながら、口元に涼やかな笑みを浮かべてみせる。

「冗談に決まっている。わたしは事実を端的に述べただけ」

し、心臓に悪い。

「……ごめんね、こういうとき何て言ったらいいのかわからなくて」

「正解はないから安心して欲しい。創作論において、わたしを理解できるのはわたしだけ。京くんに理解を求めようとも思ってないから、謝ったり過剰に自責しなくていい」

「じゃあ僕はさくらの聞き役に徹しようかな」

「どういうこと？」

「適材適所っていうか、だだっ広い砂漠に小川を作る行為っていうか」

きょとんとするさくら。

「オアシスにはなれそうにないけど、それぐらいなら僕にもできるかなって」

やばい。超恥ずかしいこと言ってるな、僕。

「やっぱり京くんは優しい。琵琶湖（びわこ）みたいに器が大きい。正直、わたしとお話ししているうちに嫌気が差すのでは、と思ってた」

「そんなことないよ」

「でも、わたしは人付き合いが苦手。言葉が刃（やいば）だってことも気付いていて、ときどきついその刃を振りかざしてしまう」

「僕は大丈夫。さんざん傷ついてきたし、さくらの刃で傷つくことはないから」

「……そう」

小さく呟（つぶや）き、さくらは頬を赤らめながら本を閉じる。

「なら、言葉以外にも寛容なのか、少し確かめさせてもらってもいい？」

「え、うん。構わないけど」

僕の許可を聞くや否や、さくらはちょいちょいと手招きをしてくる。

「シナリオ作りで行き詰まってて、登場人物の心理描写がうまくいかない。図書室で、主人公がヒロインを主人公が後ろから抱き締める場面なんだけど、情景描写がうまくいってなくて」

「うん」

「だからちょっと実験台になって。わたしの身体を使って、京くんの感性で」

「ぼ、僕の感性？」

「そう。物語にはリアリティが必須。京くんの感想はわたしの創作にきっと役立つ」

「で、でも、僕……女の子を後ろから抱き締めた経験なんてないし」

「お仕事モードの京くんならできるはず。切り替えて。相手はギャルゲーのヒロインだと想像して」

早々に、切り札を用いてくるさくら。

仕事、という響きに僕がめっぽう弱いということをよくわかっている。ギャルゲーも最近になって勉強し始めたので、まだまだ知識不足だけど、お仕事ならやるしかない。

席を立ち、定位置につくさくら。さて、どうしたものか。指示された通りに、僕はさくらの背後へと移動し、後ろから両手を回す。

「ど、どうかな?」

「悪くない」

「こ、ここからどうすれば?」

「指示を出すまではそうしていて」

体温が伝わってくるほどに密着しているのに、ヒロイン役に徹しているのか、さくらは身じろぎひとつすることなく、じっとしている。

「次。主人公が段々と興奮してくるシーン」

げっ。チャプター1から5まで一気にスキップしたかのような、場面転換の速さ。

「あ、あのぅ……興奮って、具体的にどのように?」

「もっと強く」

「こ、こう?」

僕は言われた通りに両腕に力を込め、さくらの身体をさらに強く抱きしめる。

心臓がぶっ飛びそうだ。左心房を強烈なフックで揺さぶられたような、鼓動の速さ。ドクドクドクドク。ドコドコドン!

「次。歯止めの利かなくなった主人公がヒロインの胸に触れようとするシーン」

「むむ、む、胸?」

僕の脳内に、ウウウウウと警告音がけたたましく鳴り響く。

危険だ。これ以上は。

「わたしとしても簡単には触れさせたくない部分。だけど京くんならいい。というより京くんにしか頼めない。本当に嫌なら言って」

嫌、とか、そういう次元の話じゃないんです。

罪。禁忌。アダムとイヴ。そんな言葉が脳裏をよぎる。校内三大美女のひとり、醍醐桜子の胸部に実るソレは、まさに禁断の果実と呼ぶにふさわしい。

その圧倒的大きさには、多くの男子の妄想と欲望が詰まっている。果たしてそんな至宝に触れる権利が、僕なんかに与えられていいのだろうか。いいはずがない。

「無理なお願いをしてるのはわかってる。京くんにだって選ぶ権利がある。わたしが相手じゃ不満かもしれない」

どう不満を覚えろと言うのかね。

さくらも千景もツーちゃんも、みんな可愛すぎて困る。ここ連日、僕は困りっぱなしだ。

家族ファーストを掲げていなければ今ごろは……

ギャルゲーって、なんて罪深い世界なんだろう。

「バイト代アップ」

「え……？」

「インセンティブを出す。足りないようならわたしの手持ちから出してもいい」

ぼ、僕はバカ野郎だ。さくらにここまで言わせて、それでも尻込みするだなんて。

……今、ハッキリとした。さくらは真剣なだけなんだ。僕のように、よこしまな気持なんて微塵もない。

「京くんが抱えてる葛藤。その迷いを振り切った先にリアリティは生まれる」

「……ふぅ。よし」

お仕事モードに切り替える。

さくらの役に立つんだ。小川になるって誓ったじゃないか。でも今思ったけど、小川ってなんだ？　考えるのはやめた。

「いくよ、さくら。僕は主人公を演じる」

「うん。わたしはヒロインになりきる」

これはバイト。これはバイト。これはバイト。頭の中で呪文を唱えながら、僕は意を決してさくらのブレザーの中に左手を差し込む。

「ん」

やわらかい。大きい。重たい。指が沈む。カタチが変わる。手のひらに収まりきらない。熱い。いけないこと。だめなこと。なのに、止められない。

想ったことを記憶というメモ帳に刻み込め！　なにせ。

これは仕事。これは仕事。これは仕事。

「け、京くん」

「違う。僕は京じゃない」

「京くん。待って……」

「待ちたくない。僕は……俺はもう止まらない！」

ビクンと身体を震わせ、さくらは「んっ」とうめき声を上げた。

その反応を見て僕はようやく我に返る。うわっ！

「ず、ずびばせん」

慌ててさくらから身を離し、頭を下げる僕。

「……気にしなくていい」

さくらは耳まで真っ赤にしてる。多分、僕の顔はそれ以上に赤い。なんだかすごいことをしてしまった気がする。今さらながら、冷や汗が噴き出てきた。

「お願いしたのはわたし。どうして京くんが動揺するの？」

それは……。

「京くんも男の子だということがわかった」

「そ、そりゃそうだよ」

「いじわるな質問だと思った？」

「ちょ、ちょっとね」

「確認作業だから許してくれると嬉しい」

「怒ってないよ、むしろ怒られるのは僕の方だと思うし」

「わたしも怒ってない。感想は後でＬＩＥＮで送って。たぶん、わたしの頭の中のヒロインも喜んでいる」

「喜んでくれてるのかな……？」

「ヒロインとはそういうもの。そろそろいい時間。千景と司に余計な詮索をされる前に、仕事場に向かった方がいい」

「うん。そうだね」

付き合ってもない男女がこんなことをするなんて、よくないことなのかもしれない。

だけどなかったことにもできない。

左手に残った熱は、禁断の果実に触れた証なのだから。

僕とさくらは共犯者だ。

窓から入ってくるオレンジの残照に照らされながら、甘い余韻に浸りながら、僕たちは図書室をあとにして仕事場へと向かった。

＊

午後六時半ごろ。司の家。

司と桜子とケイが、リビングで連休後半の予定について話し合っている。

「え、おけいはん。明日から旅行に行くん？」

「うん。父さんとあかりとキャンプに行こうって話になってさ」

「てことはしばらくマッサージはおあずけかー」

「三泊四日の予定だし、四日目は夕方から顔を出すよ。ごめんね、家族の予定を優先させてもらって」

「謝る必要はない。京くんにとって家族の方が重要なのは今さら」

「……えと、みんなのことも大切に思ってるからね。ただ、ここのところあかりに構ってあげられてないし、家族との時間もちゃんと確保しようと思ってさ」

「いい心がけ。でも少し寂しい」

「すぐ帰ってくるよ」

「そう」

私はデスクトップPCのディスプレイから目を離すと、ケイたちの方を見やり、そして戦慄した。というより、何やら上機嫌な様子の桜子を見て、私が勝手に戦慄してるだけなんだけど。

桜子とは付き合いが長い。どんな時でもあまり表情を崩さない子だ。少なくとも私の記憶している限り、こんなに女の子らしい顔をした桜子ははじめて見る。

司に続き桜子まで……ケイのバカ。と、私は内心ぼやく。

だからといってケイをすけこまし扱いする気はない。なにせケイ本人は恋愛を避けて通ろうとしている節があるからだ。

私も今までたくさんの告白を受けてきたから、恋愛を避ける人の素振りはよくわかっているつもりだ。ま、今までフッてきた人たちに同情するかと訊かれれば、その答えはノーだけど。たった一度のアプローチを断られたぐらいで諦められるなら、それは恋じゃない。

私はそう断言できる。私は本気。ケイのことが、好き。

だって、ケイみたいな子は今どき他にいないから。希少種。それも超が付くほどの。私が求めているのは、そういう人間だ。

家族のために自分を犠牲にできるケイ。

誰かのために頑張れるケイ。

誰かのためにすべてを捧げられるケイ。

その無謬の愛情がほんの一パーセントでも私に向けられたらと想像すると、全身からゾクゾクするものが這い上がってきて、脳の回路が焼き切れてしまいそうになる。

この狂おしいほどの熱が恋だと悟るのに、そんなに時間はかからなかった。

ケイにだったらなんでもしてあげたい。ああこれヒモ男を養うダメな女の子の『思考回路』だな、と自己嫌悪に陥ることはあるものの、それほどにケイは魅力的なのだ。

だから私は諦めない。だから私は、司と桜子が買い出しに行くタイミングを虎視眈々と狙っていた。そしてついに、その時がきた。

司と桜子が外出している今こそ、私がケイを独占する絶好の機会なのだ。

「ケイ、ちょっとこっちに来てくれる？」

さあ、私の恋愛バトルのはじまりだ。

＊

「ケイ、ちょっとこっちに来てくれる？」

いつも通り掃除をしていると、千景が僕を手招きしてくる。

「どうしたの、千景」

「お掃除の邪魔してゴメンね。ケイに手伝って欲しいことがあってさ」

「いいよ。なにすればいいの？」

「んーっとね……ケイはさ、ASMRって聴いたことある？」

「実際に聴いたことはないかな。でもみんなが制作してる作品のひとつだし、いちおう一通りは勉強してるよ」

ASMRとはAutonomous Sensory Meridian Responseの略で、日本語で説明すれば自律感覚絶頂反応。人間の耳は自分が思っている以上に敏感で、音だけで快感を享受することができる。そんな、耳という器官を通して癒しを与える作品を総じてASMRと呼んだりするらしい。

「勉強熱心だね。じゃあ、知ってるかな？　こういうちょっとエッチな音声作品とか」

千景はスマホの画面を僕に向けてきた。いわゆるジャケットイラストというやつで、二次元の美少女キャラクターが、いかにもなセクシーポーズをとっている。

タイトルロゴの下側には、小さなフォントで『耳イキ絶頂』と書いてあった。

パワーワードすぎてなんかもうすごいですはい。

「これって、もしかして千景たちが制作してるやつ？」

「そうだよ。来月、プラットフォームにリリース予定の作品。お試しでアップしてるから、まだ公開はしてないんだけど。ケイの感想を聞かせて欲しくてさ」

「てことはまだ未発表の作品ってことだよね。僕が聴いてもいいのかな？」

「ケイだってサークルのメンバーでしょ。勉強にもなると思うしさ。あ、そうだ。目隠しして聴いてみる？　そのほうが臨場感が出て感想も具体的になるよきっと」

「ぅうん……最初は普通に聴いてみたいかな」

「わかってないなー、初体験って一回しかないんだよ？　その一回を感度倍で聴ける機会をふいにするなんて、もったいなさすぎるよ」

千景さん、なんだか今日はやけにテンションが高い気がする。

「そういうものなの？」

「私はノーマルがいいけどね。初体験はやっぱり綺麗な思い出として残していきたいし」

……そういう誤解を招きそうな言い回しはやめて欲しい。

「てことはやっぱり……目隠しはアブノーマルってことだよね？」

「まーまー。それはそれ、これはこれってことで。お手伝い、してよ。ね？」

そう言って千景はイヤホンの片方とアイマスクを差し出してきた。

「わ、わかったよ」

仕事、お手伝い、バイトの一環。これらのキーワードに抗（あらが）えなくなってきたのは、僕もまたこの環境を手放したくないと望んでいる証拠だろう。

左耳にイヤホンを塡（は）めると、千景はもう片方を右耳に入れスマホを操作し始めた。

僕はしぶしぶとアイマスクを装着して、音の世界にダイブした。


舞台は教室。時間帯は放課後。

憧れの女の子の秘密を知ってしまった主人公が物音を立ててしまい女の子に気付かれてしまう、というシチュエーション。

『あーあー、見られちゃったぁ。そうだよ。教室でひとりでするのが私の趣味なんだ』

艶っぽい声。演じている声優が千景だとわかっていながら、まるで別人のような声色に、僕は思わずドキリとしてしまう。

『逃げちゃだーめ。ん？　なになに？　誰にも言わない？　そんなのわからないでしょ？口止めしないと安心できないなぁ』

そして主人公がその秘密を周囲にばらさないことを条件に、主人公は女の子とイケナイ関係に……。

『ふーっ。あー……いまビクッてしたでしょ？』

か、風？　いや吐息か？　音声作品ってこんな立体的な音まで表現できるのか……。クオリティが、すごすぎる。

『耳だけで感じちゃうなんて、変態さんだね。キミが変態さんだってことは秘密にしておくから、私の言うとおりにしてくれるよね？』

一言一句が脳に直接流れ込んでくるような感覚。

甘く蕩けてしまいそうなウィスパーボイスが、僕の心と身体を満たしていく。

『ちゅぱちゅぱ……ぢゅるるるるっ』

うわっ⁉　ゾクゾク。な、なんだこれ。まるで千景に……いや、ヒロインに直接耳を舐められているような、そんな感覚が身体を走り抜ける。

『クスっ。可愛い反応だね……じゃあ、こういうのはどう？』

うひぃ。

『ケイは……私に、どうして欲しいのかな？』

くうゥうう。

って、あれ？　いつの間にかヒロインの声が千景に変わってるような？　いや、声優は

千景なんだけど、生々しい吐息混じりの声に変わっているような……？

「ちょ、ちょっと待って。これって本当にASMR？」

「んーっとねー、途中から生ASMRに切り替わった感じ、かな？」

「……な、生ASMRってなに？」

「ボイス収録してない編集なしの生音声。こんな感じで、ふーって」

熱っぽい吐息が僕の耳を撫でる。

やばい。それ、やばい。ふおぉぉぉっ……！

「……ち、千景が『ふー』ってしてるだけじゃないか！」

軽く唇を引き攣らせながらそう答えると、真っ暗な視界の裏で、千景が笑ったような気がした。

「エッチな気分になっちゃった？」

「そ、そんなことは……」

ないと言ったら嘘になるけど。

「否定しても無駄だよ。顔に書いてあるし」

ウソっ⁉　僕は慌てて自分の顔をペタペタと触ってみるが……わからない。

「そういう気分になってるケイになら迫っても、いいよね？」

「だ、ダメに決まってるでしょ……。なに言ってるのさ」

千景はツーちゃんやさくらと違って、仕事という一線をひょいっと越えてきそうな危うさがあるから油断できない。

以前ツーちゃんが言っていた、魔性という台詞が思い出される。

僕はイヤホンを外してアイマスクに手をかける。だが千景の手が僕の手の上に被さり、それを止めてくる。そして僕の耳元で、再び、「ふーっ」と優しく息を吹きかけてきた。

ぞわわわわわっ。背筋を這うように走る快感。ぅぅ。

「ねぇ、ケイ……好きだよ。気付いてるんでしょ……私のキモチ。証だってつけた。それがどういうものかってことぐらい、もうわかってるんだよね？」

「ま、待って千景。色々と急すぎて、ついていけてないんだけど」

千景の熱を帯びた吐息が、僕の耳に、頬にかかってくすぐったい。

——吐、息？　そこでふと我に返る。そしてある結論に行き着く。千景がマスクを外しているのではないか、という……予想だにしなかった結論に。

僕は慌てて、アイマスクを取り外した。

「ち、千景」

真っ青な顔がそこにはあった。青い、という表現がぴったりと当てはまる。唇は紫色に変色しており、汗ばんでいるのが見て取れる。

醜形恐怖症。以前、千景が僕に教えてくれた、心の病。

「な、何やってるんだよ。そんな状態でこんなことをして」

「もう、勝手にアイマスクを外しちゃ……メッ、でしょ」

その喋り方はいつも通りの千景だった。

だけど、顔は、目は……。こんなになるまで我慢していたのか？

「は、早くマスクを」

「着けないよ……こうでもしないと、ホンキの気持ち、伝わらないから」

……伝わってる。伝わってるよ。痛いほど。ずっと。ずっと。でも……

「ごめんね、千景……僕は、千景の想いには応えられない……」

ここまで千景を追い込んでおいて、そんな答えしか出せない自分が腹立たしい。

僕は歯を食いしばって、ギュッと拳を握りしめる。

「ふふっ、理由はなんとなく、わかってる。……ケイが恋愛を避けているのは、あかりちゃんのため、なんだよね？」

これで何度目の答え合わせだろうか。

千景は察している。全てではないにせよ、ある程度は察している。ただ……その理由だけは、僕の口から言葉を紡がないと、納得できないのだろう。

マスクを外してまで、答えを知りたがっている千景の想い……その覚悟に、僕は応えなければいけない。

「そうだね。僕はずっとあかりのために頑張ってきた。それが、僕ができる唯一の罪滅ぼしだから。伝えなくちゃいけない。それが、僕ができる唯一の罪滅ぼしだから。これからもそれは変わらない。それ以外のことも、それ以上のことも考えられない……」

はっきりと、千景の目を見て伝える。

目の前のことしか考えられなくて、ごめん。でも、僕はあかりを幸せにしてあげたい。

それが僕の幸せだから。僕が選んだ道だから。僕の選んだ生き方だから。

あの日、遺影の前で……あかりを守るって、母さんとも約束したから――！

「やっとその言葉が聞けた。ふふっ、これでスタートラインに立てた」

「――え？」

「ケイの頭の中が、『家族家族仕事仕事』で埋め尽くされてるってことがわかって、よかった、ってこと。つまり、その百パーセントの中の一パーセントが私になれば……ずっと愛してもらえるってことだよね？」

「へ？」

「十回、百回、千回、一万回フラれたって、私は諦めないよ」

そう言って千景は、真っ青な顔にいつも通りの明るい笑みを浮かべる。

「いや、えと。……ほ、ほら、千景はモテるんだし、そのうち僕なんかよりもっと素敵な人が現れ……」

「ない。それは絶対にない」

即答だった。

「だって、今まで好きになれた人ってケイしかいないし、私って重いからさ……ケイと添い遂げられないなら一生独身を貫くくらいわけないよ」

千景はそこで言葉を切り、その青い顔を僕に近づけてくる。

「私以上に重い子なんて、いないよ。諦めて、ケイ」

「……な、なんかそれズルくない？」

「……ケイだってズルいよ。そんなに顔真っ赤にして、私のこと意識してるくせに、あかりちゃんのことばっかり」

「あかりは……僕の妹なんだから当然でしょ」

「シスコン」

「うぐ」

「ヘタレ」

「うぐっ」

「女たらし」

「……ぐはっ！」

返す言葉が見つからなくて、僕は白旗をあげる。

「ね、ケイ。ぎゅーってして。お仕事ならいいでしょ？」

「ず、ズルいぞ。僕が断れないのをわかってて……」

「お願い」

ううと観念して抱き締めると、千景（ちかげ）は僕の胸に頭を預けてきた。

「……こんなに近くにいるのにね」

「うん……」

「……あかりちゃんのことが大好きなケイが、好き」

「うん……」

「……ヘタレでいくじなしでここまでしても手を出してこないケイが、好き」

「うん……」

「……女たらしなケイは好きくない」

「それはやめて……。僕は別に……誰かに好きになってもらおうとか、思ってないよ」

「知ってる。なおさらタチが悪いよね」

「そう言われても……」

「好きでもない女の子を……抱き締めたりしてさ、ほんと……ズルいよ。ばか」

「うぐ……」

「時給五〇〇〇円もらえたら……誰にだってこういうことするんでしょ？」

「それは違うよ。千景だから——」

あ……。思わず出た言葉に僕は自分で驚いて、すぐさまお口にチャックをする。

だけど、時すでに遅し。千景がバッと上体を離し、僕の顔を見上げてくる。

青いその顔に、今度は真っ赤な色が広がっていく。

僕もつられて頬が熱くなっていくのを感じ、慌てて顔を背けた。

「ケイ……今、なんて？　ね、ケイ、今なんて言ったの？」

「い、今のは言葉の綾というか……えっとその……うぅ」

「も、もう一回。もう一回言ってみて？　録音するから」

「ろ、録音？　いやいや、ダメだよ。今のは忘れて」

「むり。私だから……抱き締めてくれてるんだよね……うれしい。私の粘り勝ちだ」

ち、千景は一体何と戦ってるんだ。そして、何がどうなったら千景の粘り勝ちになるんだ？　よくわからないけど、どうやら僕は敗北を喫してしまったようだ……。

あれ？　震えが……止まってる？

目線を下げると、真っ赤になっていた千景の顔は青白い顔に戻ることなく、いつもどおりの元気な顔になっていた。そう、マスクを着用しているときの血色の良い状態に。

「ねえ千景。……もしかしてだけど、マスク着けてなくても、平気なの？」

「うん、自分でもびっくり……。今なら、呪いも解けそうな気がするよ」

「呪い？」

「そう、呪い。……この呪いを解く方法はただひとつだよ。おとぎ噺の王子様が呪いにかかったお姫様に何をするかぐらい、ケイだって、知ってるでしょ……？」

王子様が呪いにかかったお姫様に何をするか？　えっと。白雪姫だったら、毒リンゴで眠ってる彼女にキスして目を覚まさせてあげるんだったかな。いや、ちょっと待ちたまえ。

「さぁ、ケイ。呪いを解いて」

「……あ、あの、千景さん？　もう治ってるとか、そういうオチはない？」

「疑うんだ？　ショックだなぁ」

「いや、ごめん。そんなつもりじゃ……」

「じゃあ、確かめてみてよ。ううん、言い直す。私と一緒に戦って……ケイ」

そう言って千景は目を瞑った。

キスしてみないことにはわからない、とでも言いたげに、その口は半開きだ。瑞々しい唇の隙間から、かすかだが確かに甘い吐息が漏れている。

……粘り勝ちか。確かにそうかもしれない。

なにせ僕は『約束』してしまった。千景の病気が治るように『一緒に戦う』と。

つまり、心の病を克服できたのかそうでないのか、確かめる義務がある。二人で病に打ち勝つという誓いを立てた以上、僕も覚悟を決めなくてはならない。

誰にだってするわけじゃない。……千景だから、キスをする。

これも、確かな答えのひとつなのだろう。

目を瞑り、千景の唇に顔を近づける。そして、唇と唇が触れ合うまであと一センチ――。

というタイミングで。

不意にリビングの扉が開き、ツーちゃんとさくらが姿を現したのである。

＊

「マ？　ママママ？」

「千景が京くんの前でマスクを取ってる」

僕たちの間に、何とも言えない緊張が走り抜ける。

デジャブだ。前にも一度こんなことがあった。

でも以前と違うのは、二人の表情。驚き、というよりは喜びに近い表情であるように感じられた。うまく表現できないけど、嬉しくて言葉が見つからない、そんな感じの顔だ。

「もう大丈夫なの？」

さくらの問いに、千景は力強く頷いた。

「うん。ケイが勇気をくれたからね。もう大丈夫だよ」

いや、キスは未遂のはず……って、やっぱり治ってたんだ！

「千景がゴハンのとき以外にマスク外すん、ひさびーすぎて超ウケる」

「大袈裟すぎ。二人の前では外してるでしょ？」

「それは『わたしたちの前でしか外さない』という意味に他ならない」

「それなー、千景の場合マジのマジで外さねーから」

「うん、でもケイはやっぱり別かなー、……特別枠って、やつだよ」

「千景がのろけてる。どうする司？」

「うれぴさ爆発してっから許す。にひひ」

さくらとツーちゃんが僕を見て、にっこりと笑う。

よくやった、とでも言いたげな顔だ。少し気恥ずかしかったけど、僕もまた、二人の笑顔につられるように笑顔を返した。

千景のトラウマの重みを理解しているからこそ、それを克服できたことが純粋に嬉しかったのだろう。ホント……友達想い（おも）のいい子たちだな。

「んで、するん？　シないん？　今日ぐらいは目をつぶってもいいケド」

「京くんをその気にさせた千景のファインプレイ。わたしと司は静観する」

「だってさ、ケイ。どーする？　このままベッド行っちゃう？」

「ちょい待てい！　キスするかしないかの二択でなんでベッド行く選択肢が出てくるワケ⁉」

「んー？　頑張った私へのご褒美（ほうび）、かな？」

「そこまでは認めてない」

「ぼ、僕は掃除に戻るね」

なんとなく、波乱の予感を察知した僕は、そそくさと逃げるようにしてその場から離れようとする。いや、離れようとした。

けれどそんな僕の手を、ツーちゃんとさくらががっちりと摑（つか）む。

そして二人は無言の笑みを浮かべながら、僕の目を覗（のぞ）きこんできた。

「千景だけ一歩リードのまんまとか、超ゆるせん」

「そう。ここはわたしたちも頑張るところ」

その目は笑っていない。マジだ。

「司！　桜子！　今日は静観するんじゃなかったの⁉」

珍しく千景が語気を荒らげた。

「それはそれ、これはこれ。千景の努力と勇気に敬意を表して、わたしも一緒に頑張る」

「しょゆこと。おけいはんを独り占めしようとか、おにちくすぎじゃね？」

ぎゃーぎゃーわーわーと三人が騒ぎ立て始める。

そんな光景ですら目の保養になるのだから、僕は随分と毒されてしまったようだ。

拘束が緩んだ瞬間を見計らって、姦しく戯れる三人からこっそりと離れる。

これからも三人のためなら頑張れる。そう思えるから不思議である。

もちろん家族のためにも頑張る。願わくはこの幸せな時間が、ずっと続きますように。

そう強く願いながら、僕は騒がしいリビングからそっと抜け出した。

第五章　絶対に断ち切れないもの

「うーダリぃ、おけいはん成分が枯渇ぎみぃ」

「私も。……なんかケイが遠くに行っちゃった感じするよね」

「家族旅行だから仕方がない」

五月三日。ゴールデンウィーク連休後半初日。

司と千景と桜子はマンション近くのスーパーで買い物をしてから、帰路についていた。

その手には買い物袋が握られている。京が旅行に行ってしまったので、当然家庭的な料理は作ってもらえない。なので、こうしてスーパーに寄って昼食の買い出しをしたのだ。

カップ麺やらお菓子やらおにぎりやら。とりあえず、目に付いたもの片っ端から購入した結果、袋の中には栄養バランス皆無の食材がたっぷりと詰まっている。

「てか千景うらやますぎ。おけいはんとチューの一歩手前まで行くとかマジジェラるし。おけいはんとチューして～……んで、お、オトナのチューもしちゃうとかぁ？　ぐへへ」

妄想を膨らませ、クネクネと腰をくねらせる司。

「俗物。でも、わたしも京くんとキスしてみたい」

「むー……司と桜子が邪魔しなければ、できてたのに……。ま、初めては思い出に残るようなキスがいいなって思ってたし、いいっちゃいいんだけどさ」

「はい、安定のメルヘラ。アタシは壁ドンからの顎クイキスとか憧れるな～」

「やはり司は俗物。そしてセンスゼロ」

「う、うっさい！　そうゆう桜子はどーなんよ？」

「わたしは京くんと初めてお話しした桜の木の下で初キスをしてみたい」

「はい散った！　ソメイヨシノは散りまちた」

「花である必要はない。葉でも蕾でも枯れ木でもいい」

「あ、なんかそれエモいね。てかもう五月かー……ケイにつけたキスマ、だいぶ薄れてきちゃったなー」

千景の何気ない呟きに、司と桜子の鋭い視線が刺さる。

「ち、千景ぇ？　あんたいつの間におけいはんにマーキングしたワケ⁉」

「詳しく」

「あ、これ、言っちゃまずかったかな……？　そんなに聞きたい？　でもダメー、教えてあげなーい」

「ビッグバンテラおこサンシャインヴィーナスバベルキレキレマスター！」

「黙秘権は認めない。早く吐くべし」

ぎゃーぎゃーわーわーと、京が聞いたら頭を抱えてしまいそうな会話を繰り広げながら、マンションへと辿り着く三人。

その様子を電柱の陰から見つめる『人影』があった。

（ひひ……ついに見つけたぞ……）

パーカーのフードを深く被った怪しげな男が、ほくそ笑んでいる。

ポケットの中には一台のビデオカメラと包丁。

見るからに怪しく、危険な香りしかしない男である。ぎょろついた双眸は常に周囲を警戒しており、その挙動は明らかに不審人物のそれだった。

（……ちっ、今日は人が多い）

男は小さく舌打ちをする。

（せいぜいはしゃいでろ。ゴールデンウィーク最終日がお前たちの地獄と化すのさ……）

男は意味深に笑い、パーカーのフードをさらに深く被って身を翻した。

＊

五月五日。午後九時。キャンプ場。

テントの前であかりと焚火を囲んでいた僕は、星空を見上げながら校内三大美女とのこれからのことを考えていた。

せっかくの家族旅行だというのに、頭の中はごちゃごちゃでちっともまとまらない。

「なんやお兄しけた面して。オトンが魚釣ってこうへんかったから落ち込んどるんか？」

「まあそれもちょっとあるかな」

「オトンを責めたらんとき。いま近くのスーパーまで車走らせて鍋の具材買いに行ってくれてるんやから」

「別に父さんを責めるつもりはないよ」

うちの父親はぎっくり腰が治ったばかりだ。

釣り好きだから腰が悪くても行きたがる。今朝も「大物を釣ってきてやる」と宣言していた手前、収穫がゼロだったことをひどく気にしていた。そんなわけで今晩の主食は、近くのスーパーの具材をふんだんに使った寄せ鍋になりそうだ。

「ほなら何を悩んどん？」

「んーっと。悩んでるとかじゃなくて、ただ、これからのことを想像してただけで」

「これからのコト？」

「ああ、いや。例えばの話なんだけど、今後、三人の女の子から好意を寄せられるような状況になったとして、僕はそれに応えるべきなのかなあと思って」

「それ千景さんと司ちゃんと桜子姉さんのことかいな？　今後、て。あの三人、うち来た時からお兄にホの字やったやん。今さら何を言うとんの？」

う、と言葉に詰まった。確かに今さらな話だったかもしれない。

当初は『なんとなくそんな気がする』程度のものでしかなかった三人の好意は、日に日にその濃度を増し、今や疑いようのないものとなっている。

「それであれかあ、今のらりくらり躱（かわ）してる最中ってとこか」

「……そういう言い方はよしてくれ」

「あないな美人三人に言い寄られて、なんもせえへんって、どんだけお兄は堅物系男子やねん。据え膳食わぬは男の恥とか言うけど、お兄はそれちゃうんか？」

ゲラゲラとあかりが笑う。

「……今どきの中学生って進んでるんだなぁ」

「いや、お兄みたいな高校生が絶滅危惧種なだけやと思うで。ほやけどなぁ、お兄。男として、ちょっとみみっちいんとちゃう？」

みみっちい。あかりのその言葉は、僕の胸にグサリと突き刺さった。

「お兄がどんだけみみっちい男か、うちが心理テストしたるさかい黙って聞きや」

「み、みみっちい男ってどんな心理テストだよ」

「んとな、もしお兄が今家庭を持つことになったとして、『賃貸』に住むか『持ち家』に住むかどっちってテストなんやけどな、お兄やったらどっちに住む？」

「賃貸」

即答。ディベートのお題になりそうな二択だけど、『今』という限定された条件では圧倒的に賃貸が有利だ。……って、この心理テストなんのためにやるんだよ。

「持ち家を選ばんかった理由は？」

「持ち家は一生ものだろ？　一度購入してしまうと簡単に引っ越せないし、一生ローンを払い続けないといけない。それって結構、不健康なライフスタイルだと思うんだよ」

「やっぱりお兄はみみっちい男やったわ」

「……やっぱりってなんだよ。それってつまり、あかりの固定観念だろ？」

「ちゃうちゃう。なんで一生もんって決めつけんねんって話や。お金持ちなってやな、家なんて三つでも四つでも一括で買えばいいやんか。お兄はまだ十代なんやし、もっとも一っと夢見なあかんねん。自分の可能性を自分で否定してどないするんよ」

「今回のことかてせや。美少女三人に好意を寄せられてそのうえ金銭面のメンドーまで見てもらえるんやろ？　上等やんか。学校の生徒全員を敵に回そうが、ＳＮＳで総叩きに合おうが、自分の気持ちに折り合いをつけられんとかしょーもない理由に悩まされようが、それでもあの三人の好意を受け止めるのが男っちゅうもんやろ」

そりゃそれができたら苦労しないよ。

「でもほら……行きつく先は三股とか、ドロドロの昼ドラ展開な気がするんだけど」

「ほやから家と一緒やて。三人全員幸せにしてあげたらええねん」

簡単に言ってくれる。

「いや、でも……結婚できるのは一人だろ？」

「ほなら一夫多妻制の国に移住しいや」

「とんでもないことをさらっと言うよなぁ。それに僕は……」

お前のために、とは続けられなかった。でも、あかりにはそれだけで十分だった。

「お兄は今しか見てへんからこの先のこととか不安に感じるんやろ？　ほならもっと先の未来を見据えてみたらどうや？」

「先の……未来？」

いつぞや、さくらと桜の樹の下で話したことを思い出す。

「せや。先の先まで目標を掲げて理想の自分に向かってひた走んねん。それが後悔せえへん人生なんちゃう？　妹のうちが言うんやから間違いあらへん！」

あかりは自慢げに胸を張った。

「うちはお兄を利用してええ大学行って、ええとこに就職して、競争社会を一抜けしたんねん。この夢のない国でかっこいい女なったる。世界で活躍するって夢があるさかいな」

「あかり……」

「ほやからお兄も、もっとかっこええ男にならな。いつまでもうちの自慢のお兄ちゃんでいてな」

パチパチ……と焚火の音が静かに響く。

あかりが僕の手をぎゅっと握る。その手は小さくて、柔らかくて、力強かった。

そんな温かい妹の手に握られては……やはり情けない姿は見せられないよなと、僕の中で何かが変わっていくのを感じた。

五月六日。ゴールデンウィーク最終日。早朝。

テントを片づけ、ゴミを分別し、キャンプ場を後にした僕たち家族は、下山して家路についていた。レンタカーに揺られながら。

車内の話題は、やはり昨日父さんが一匹も魚を釣れなかったこと。それをあかりがからかうもんだから、父さんは涙目である。

……僕はというと、昨日のあかりの言葉が忘れられなかった。

本当に、あかりの言う通りかもしれない、と。目の前のことを心配してうじうじするのはよそう。前進する気持ちがある限り、未来なんていくらでも変えられるはずなんだから。

＊

『もしもし、あ、ケイ？　旅行終わったの？』

「うん。今帰ってるところ。早く帰れそうだからお昼ぐらいにはそっちに顔を出すよ」

『気を付けて帰ってくるんだよ』

「うん。ありがとう、千景」

『司(つかさ)。ちょっとこれ見て』

『んー？　ふぁ、なんコレ!?』

「どうしたの？　そっちで何かあった？」

『えーっとね……なんかまとめニュースで私たちに関するスレが立ってるみたいで、χ(カイ)の方でもちょっと話題になってるみたい。URL送るね』

「あ、うん」

LIEN(リアン)からブラウザで開いた掲示板を覗(のぞ)き込む。

χ(カイ)でも話題になっているというスレのタイトルはこうだった。

【悲報】男子高校生さん、フラれた腹いせに犯罪予告ｗｗｗ

名前こそ伏せられているが、その記事には沓涼(とうりょう)高の校内三大美女というワードがあちこちに躍っており、χ(カイ)で犯罪予告をしているアカウントのスクショ画像が貼られている。

その内容を目(ま)の当たりにして、僕は息を呑(の)んだ。

沓涼高の校内三大美女を知ってるヤツ
オレハアイツラにコケニサレタ
ダカラブチ犯スコトニキメタ
ソノ動画ヲ5万デ売ッテヤル

コンナチャンス二度トナイゾ
予約シタイヤツハ凍結サレル前ニＤＭクレ

なんだ……これ……。

おそらくスレ主は、コケにされたというキーワードからフラれた高校生と推察しているのだろう。だけど、これは明らかに千景（ちかげ）とツーちゃんとさくら……三人に向けて、その恨みをはらすために書かれたものだ。だとしたら一体誰なんだ。

沓涼高生に関わりのある男子生徒で、千景たちに恨みを持ちそうな人間。

……なんとなく、一人思いつく。女性を辱（はずかし）める『動画』を撮る。

そんな手口を使うやつに、一人だけ心当たりがある。だけどあいつが塀の中にいるのか、それとも裁判を経た上で執行猶予付きの保護観察処分になったのかはわからない。

僕は電話越しの千景に声をかける。

「千景……外に出ちゃダメだよ？　僕が行くまで家から一歩も出ないで」

『あ、うん。そんなに心配しないでケイ。たまにあるんだ、こういうポスト。多分ストレス発散のはけ口に私たちが選ばれたってだけだよ』

千景は強いな。けど、何かあってからじゃ遅いんだ。

母さんが交通事故で死んだ時もそうだった。……赤信号を無視して突っ込んできた鉄の怪物。もしあの時、僕が母さんの手を引いてあげられたら……。今もずっと後悔してる。

もう二度とあんな思いはしたくない。みんなに危険が及ぶようなことがあったら、僕は身を挺してでも、彼女たちを助けに行くだろう。

あれ……。僕はいつの間に、こんなにも三人のことを『大切な存在』として認識するようになったんだろう。本当に、いつの間に……。

昨日、あかりと話したことで、気持ちに整理がついたからだろうか。

「それでも、十分に注意して欲しい。変な奴がきたらすぐに警察を呼んで」

『わかった。そうするね』

僕は電話を切ってスマホをしまいながら一人、憤りを感じていた。

たとえイタズラだったとしても、度を越している。もし本当の犯罪予告だとしたら？

事件や事故が起こってから動く警察は、こういう状況においてあてにならない。

「父さん、ごめん。違反にならない程度に飛ばしてくれる？」

「どないしたんお兄？」

「どうしたんだ京？　急に険しい顔して」

「僕の大切な人たちが、ピンチかもしれないんだ」

「大切な人？」

「オトン。お兄のこれや」

「あ、あかりぃ……」

「なるほどな。京ももうそういう歳か」

「と、父さん……」

「よし。安全運転かつ超特急で帰るぞ。シートベルトをちゃんと締めておけよ」

「ありがとう、父さん」

父さんがアクセルを踏み込み、車は勢いよく加速する。

目的地はいつものマンションだ。

みんなの無事を祈りながら僕はハンドルを握る父さんの横顔を見つめるのだった。

＊

「僕が行くまで、だって……はぁー……ケイがかっこよすぎて、私、どうにかなっちゃいそう……あーもうケイ、ケイ、ケイ……好きっ！　大好きっ」

ソファーの上でクッションに顔を埋めて足をバタバタとさせる千景。

「千景って、なんか頭幸せそうじゃね？」

「見慣れた光景。きっと頭の中の幸せな成分が脳から溢れ出して体外に放出されている。つまり幸せの循環」

「もはやイミフなんですけど」

司と桜子は、ソファーの上でニヤけた顔をしている千景を見て同じ感想を抱いた。

「てかコレを書き込んだやつマジでキモくね？　テメエのオ○ニーのためにアタシらをオカズにすんじゃねっつうの。マジさいあく」

「司、お下品な言葉はダメ」

「おっと、おほほほ。こっからはお上品路線で」

「ケイはまだかな？」

「来てないってことはまだなんじゃね？」

「千景は待っているときほど時間の流れを遅く感じるタイプ」

「べつに……そうでもないけど。ただ さ、久々にケイと会えるわけだし、いろいろと考えちゃわない？」

「アタシはイラストの納期が迫ってっから、時の流れが速い速い」

「司、それは仕事。千景は恋愛」

司と桜子がそんなやりとりをしている最中。

ピンポーン、とチャイムの音が部屋に響いた。

「もしかしてケイかな？」

「なんか全身真っ黒くろすけなヤツがいる………包丁持ってるんですケド」

司はリビングのインターホンを操作して、モニター越しに玄関前に立っている人物を確認しながら、不安げに呟(つぶや)いた。

「ほ、包丁？」

千景は耳を疑った。でも司がふざけている様子はない。

「千景、おけいはんにすぐ電話して、きちゃダメって。桜子はケーサツに電話」

「了解」

「ちょっと待ってってば。あぁもう、どうなってるわけ。なんでケイじゃなくて……変質者が来るのよ」

それまで和やかだった空気は一変して、緊張感で満たされていく。

「アタシらがここに住んでること知っててピンポンしてきたなら、これぜってーヤバいやつだよ。……二人とも声はひそめるように」

「わかった。ケイが……もう向かってたらどうしよ？」

「千景。落ち着いて。パニックになるのが一番よくない」

千景がスマホ片手に慌てていると、玄関のドアが叩かれる音がした。

ドンドンドンドン！　ドンドンドンドン！

「ここを開けろおお！　いるのはわかってんだ！」

玄関の外から脅し文句が聞こえてくる。千景は恐怖のあまり、わっと、とスマホを落としてしまいそうになる。それでもお構いなしに男の声は続く。

「……どうしよ。ケイに電話が繋がらない。既読もつかない」

「いや、送ったばっかかっしょ？　でもコイツとおけいはんが鉢合わせになったらマジでヤバたんじゃね……」

「もしもし警察ですか？　はい、はい。不審者が家に押し入ろうとしてきて……はい。今、その人がドアを叩きながら怒鳴り散らしていて」

桜子が一一〇番通報をしている間も、玄関の外にいる男はドアを乱暴に叩き続ける。

「通報した。千景、京くんから連絡は？」

「えと、ちょっと待って。……ダメ。やっぱ既読もついてない」

ドンドンドン！　ドンドンドン！　ドンドンドン！

「おら出てこいビッチ共！」

男はドアを蹴り始めた。その音は家中に響き渡り、恐怖心を煽るには十分だった。

むしろ。だからこそ。この男と京を会わせてはならないという危機感が、千景の思考回路を埋め尽くす。

「桜子、司。私さ、ケイのこと巻き込みたくないよ。こいつがχの投稿者だとしたら、ケイは関係ない。これは私たちの問題だから……」

「わかってる。そんなこと千景に言われるまでもない。二人は扉を開けたらすぐに走る。時間稼ぎはわたしがやる……」

「バッカ！　ひとりでかっこつけんなし……。桜子ひとりだけを囮になんてできるワケないっしょ？　サンコイチパワーで体当たりして、全力ダッシュすんよ……」

司と千景と桜子は玄関に立ち、顔を見合わせ頷き合う。三人の額に浮かぶ汗は、今まさに自分が直面している恐怖心を雄弁に物語っている。

ドアノブを摑む手が震える。それでも、彼女たちは恐れない。

ケイのためなら。

おけいはんのためなら。

京くんのためなら。

その決意が、恐怖を打ち消し、彼女たちを突き動かしていた。

ドアノブを回し、勢いよく扉を開くと……

包丁を構えたまま血走った目でこちらを睨みつけている男の姿が目に入ってきた。

その瞬間。

威勢も決意も一瞬にして砕け散り、三人はその場で腰を抜かしてしまう。

しかし、次の瞬間。

「うおおおおおおおおおおおおおおおおおおぉぉぉ！」

聞き慣れた声が廊下に響き、三人の視界から黒ずくめの男を消し去った。

＊

十分前。

マンションの向かいにあるコンビニの駐車場で、車から降りる。

「ここでいいのか？」

「うん、ありがとう。父さん」

「ん？　なんか怒鳴っとるやつおるな」

僕と一緒に車から降りたあかりは、きょろきょろと辺りを見回しながら、二車線を隔てた先にあるマンションを指差した。

「あそこや。上の方やな」

今、僕らのいる場所からは、マンションの各部屋のベランダと窓が見える。

あかりが指差す方に視線を向けると、僕がよく知る５０３号室だった。

僕も耳を澄ませる。怒鳴り声。あの部屋の『向こう側』から、この距離でもわかるくらいに怒気を含んだ声が聞こえてくる。とっさにスマホをポケットから取り出し、充電が切れかけていたスマホを起動させて、ＬＩＥＮ(リアン)を起動する。

《来ちゃだめ、ケイ。包丁を持った男が部屋の前にいるの》

千景(ちかげ)からそんなメッセージが届いていた。

《大丈夫？　まずは警察に》と返信文を打ち込んでいるさなか、充電が切れてしまう。

くそ。こんな時に……。僕の脳裏に先ほどのχ(カイ)のポストの内容がよぎる。もしあの怒鳴り声を発している何者かが、χ(カイ)の投稿者だとしたら。三人の身に何かあったら。

「あかり、父さんと一緒に今すぐこの場所を離れて。できるだけ遠くへ」

僕の口調が冷たかったからだろう。

あかりは、気圧(けお)されたように「な、何があったんや？」と尋ねてきた。

「千景たちがピンチかもしれない。行かなきゃ」

「ちょちょちょ待ちぃな。そのピンチってなんなん？　お兄、ヤバい顔しとるで？」

あかりが僕の腕にしがみつき、引き留めようとする。

「どうしたんだ一体？」

父さんも運転席から降りて、こちらに駆け寄ってくる。

「オトン止めて。お兄が……ヤバい顔しとる。これあかんやつや。おかんが……おかんが死んだときに見た顔や……」

あかりは顔面蒼白で、声を震わせていた。

「京……何が起きてるか、ちゃんと話してくれ」

僕は手短に状況を説明した。

「……おいバカなことを考えるな。その話が本当なら警察に任せるべきだ」

「せやでお兄。あかん。千景さんらかて、鍵は閉めとるはずや。待ったらええねん」

「ごめん。でも何かあってからじゃ遅いから」

「行かせないぞ京。俺はお前たちを守ると母さんに約束したんだ。お前に何かあったら、お前まで失うことになったら、俺は……俺は……」

「……父さん。父さんはあかりが危険な目にあってるときでも、同じことを言う？」

苦虫を噛(か)み潰したような顔で、父さんは僕から目をそらした。

あかりも、今にも泣きだしそうだ。

「な、なら俺が！　……あいてててて」

「お兄！　オトンがギックリ腰再発してしもた！」

「と、父さん、大丈夫？」

こ、こんな時に。ああもう。だけど芯から冷え切っていた僕の心は、父さんとあかりのそんなやり取りとぬくもりで少しだけ和らいだ気がした。ふぅ。

「心配いらないよ。僕も丸腰で助けに行くわけじゃない」

キャンプ場なら素振りができる、というあかりの提案を受けて、僕は今回の家族旅行に竹刀(しない)を持ち込んでいた。

僕は竹刀袋を後部座席から引っ張り出して、父さんとあかりに見せる。

「剣道は人を守るものだって先生も言ってた。今がその時なんだよ、父さん」

「こ、このバカ息子が。……頑固なところは京子(きょうこ)そっくりだな。くれぐれも……やりすぎるなよ。お前は竹刀を持つと手がつけられなくなるからな……」

僕じゃなくて相手のことを心配するなんて、父さんらしい。

「ああ、もう知らん！　なんやねん二人して！　オトンのアホ、こないな状況で息子いかせる親がどこにおんねん！　京坂家はほんまにアホばっかや！　お兄のアホ、まぬけ！

さっさと……ヒーローしに行け！」

あかりが半ばやけくそ気味に、僕の背中を叩く。

「お兄……無理だけはせんといてな」

「僕があかりと父さんを置いてくわけないだろ。お叱りはあとで受けるよ」

「アホ……」

僕は竹刀袋を肩に担いで、二車線の道路を隔てた向かいにあるマンションへと走り出す。

愛してるよ、あかり。

＊

そいつはマンション五階の廊下の先にいた。

全身黒ずくめの怪しい男が包丁を握り締め、ドアの前に立っている。

ドアが開いている。どうして鍵を開けたんだ？　とか。

そんなことを考えるよりも早く身体が動いていた。

千景とツーちゃんとさくらが危機に瀕していると理解した瞬間――僕は玄関の前に立ちふさがる不審者へと飛び掛かっていた。

「うおおおおおおおおおおおおおおおおおぉぉぉぉ！」

男が僕を認識すると同時に、全体重をのっけてタックルを繰り出す。

「ガ、アッ⁉」

男は横にふっ飛び、背中から床に激突する。

「閉めて！　鍵を！」

玄関内で腰を抜かしている三人に、指示を出す。

「け、ケイ……」

「早く！」

千景がよろよろと起き上がり、玄関の鍵を急いで閉める。

……危ないところだった。もう少し遅かったら……。

そんなことを考えている間にも、男はゆっくりと立ちあがり、僕に包丁を向ける。

ヒュンと鈍色（にび）に光る刃物を見据えながら、僕も素早く竹刀を取り出して握る。

竹刀袋を床に放り投げると、男はひひハハと不気味な笑いをこぼし始めた。

「ってぇな……クソが！　まさか……お前が駆けつけるなんてな、京坂。ヒーロー気取りかよ、ひはは」

男は不気味に笑う。僕はこの声を知っている。

「お前、六条だな。……なぜ塀の外にいる？」

もしかしたらそうじゃないか、という予感はあった。それが今、現実になった。

六条はフードをはぎとり、その顔を外気にさらす。

目は血走り顎と頰骨が突き出ていて、一目でわかるほどげっそりしている。

「親父が優秀な弁護士を雇ったからに決まってるだろ⁉　執行猶予も知らねえのかああ？

バカなの、オマエはぁ⁉」

「バカはお前だ六条。お前はもっと、頭のキレるやつかと思っていたよ」

こんな昼間から刃物をちらつかせて、人んちのドアの前で怒鳴り散らして、お前がどんな衝動にかられ、何にそこまで怒りを感じているのかは知らない。だけど。

「怒りで理性を抑えられなくなったら、そんなのはただのケダモノと同じだ」

「うるせえ！　テメエはカメラ回したって、需要のないゴミなんだよ！　なにしゃしゃり出てきて説教かましてんだ！」

六条は血走った目で僕を見つめ、包丁を振り回しながら叫ぶ。口調は変わり言っていることも支離滅裂だ。正常な判断力を失っている。きっと精神が破綻しているのだろう。

「まあいい……ひはは！　オマエにも復讐するつもりだったしな！」

「復讐、だと？」

「そうだ！　これは神さまが与えてくれたチャンスなんだ！　ひゃはは、京坂、俺の人生をむちゃくちゃにした罪は重いぞ！」

「ふざけるな……。ふざけるなよ六条」

初めてお前に話しかけられたとき、どす黒い『何か』を感じた。

その『何か』を抑え込められずに、お前は僕の大切な人たちに危害を加えようとした。

一度じゃない、二度もだ。

「全部、お前の自業自得（じごうじとく）だろ！」

僕は叫んで、竹刀を握る手に力を込める。

「クソが！　クソ親父とおなじこと言いやがって！　クソがクソがクソが！　どいつもこいつも、俺をコケにしやがってえええ！」

六条は声を荒らげると、ふーふーと肩で息をして、充血した目をぎらつかせる。包丁を握り締めた右手はガタガタと震え、その震動で刃先が左右に揺れている。

「ひひひ、殺してやる……殺してやるよ……京坂」

黙れ……僕の前で……その言葉を軽々しく使うな。

人が死ぬ、ということの重さをお前は何もわかっちゃいない。それを乗り越えるために、どれだけの涙と嗚咽（おえつ）と苦痛が伴うかを、お前は何もわかっちゃいない……。

たとえ地震が、たとえ津波が、たとえ隕石が押し寄せてきたとしても、父さんに涙を流させない息子になると、妹の笑顔を守る兄になると――僕は誓ったんだ。

母さん……危ないまねしてごめん。でも、今ここで、もう一つだけ誓いを立てることを許して欲しい。僕は千景とツーちゃんとさくらを……〝大切な人たち〟を守りたい。死んでも守り抜くなんて悲しい誓いは立てない。

――生きて守り抜くんだ、みんなの笑顔を！

「こい！　六条おおおおおッ！」

「死ね！　京坂ああああああッ！」

獣のように叫びながら、六条はこちらに向かって突進してきた。

大振りの右――半歩だけ右足を下げて、その刃先を躱す。

ヒュンッ、と風を切る音が鳴り、目の前に赤い飛沫が舞う。僕の血だ。まるでスローモーションのように見えた。鼻先をかすった刃先が、赤い筋を残したのだ。

「どうした京坂あ！　その竹刀は飾りかああッ！」

タン、タンと後方へ下がり、体勢を整える。

この廊下の幅では胴への一撃は繰り出せない。水平に薙ぎ払えば、竹刀が壁につっかえてしまう。――それなら！　わざと隙を作れば、相手は必ずそこに付け込んでくる。

「オラアァッ！」

六条の突きを左に動いて躱し切り、伸び切った腕めがけて〝出小手（でこて）〟の要領で竹刀を振り下ろす。パシィッ！　と乾いた音が鳴り響き、包丁が宙を舞った。

キン、カラン、と甲高いノイズが響く中、僕と六条の視線が交錯する。

「……ぎょ、ぎょうざかぁ！」

「うおおおおおおおおおおおおおおおおおおおお——」——ッ！

そのまま搗（か）ち上げるようにして竹刀の柄頭（つかがしら）を顎に食らわすと、六条は後ろ向きに倒れ込んだ。

「はぁはぁ」

「……あがが。ぐぞぅ。カラダが……」

「もうよせ。しばらくは動けない」

「だ、ま……れ。くそ、が、あああ！　こんなもんで……俺に勝ったつもりかあ！」

「僕がその気ならお前の顎を砕いてたさ。外傷はない。脳を揺らしただけだ」

父さんに、『やりすぎるな』って言われたからね。

過剰防衛にならないよう、最低限の力加減はしておいた。

「くそぅ……ぐそぉ……ぅ」

六条は仰向(あおむ)けに倒れたまま、うめいている。

「ぜ……ったいに、ゆるざね、え。ひひ。待ってろ……この次は必ず」

復讐心にかられたお前を怖くないと言えば嘘(うそ)になる。

悟られないように立ち回ったが、刃物だって本当は怖い……。

でも大切な人を失う怖さと比べたら、それは取るに足らないことだ。

たとえ、お前が起き上がっても僕は何度だって相手になる。

お前なんかに千景(ちかげ)とツーちゃんとさくらを傷付けさせたりしない。絶対に、だ。

「六条」

今のお前には何を言っても無駄かもしれないけど。

それでも、これだけは言っておく。

「お前はやってはいけないことをした。自分の犯した罪と向き合って償え」

サイレンの音が近づいてくる。それからしばらくして、駆けつけた数人の警察官が、立ったままの僕と床に横たわっている六条を取り囲んだ。

どちらが被害者でどちらが加害者なのか、一目見ただけでは判別がつかないのだろう。

――それも、千景とツーちゃんとさくらが警察官を押しのけ、涙目で僕に飛びつくまでのことだったけど。

「ケイ……」

「おけいはぁぁん！」

「……京くん」

「みんな、無事でよかった。ほんとに、よかった……」

僕は三人をぎゅっと抱きしめる。

よかった。みんな無事でよかった……本当に、本当に。

ふと空に目を向けると、雲間から一筋の光が射して、まるで僕らを祝福してくれているかのように見えた。

母さん。

僕は大切な人たちを守ることができたよ。

エピローグ

六条が起こしたセンセーショナルな事件の後。

事情聴取だとか、なんやかんやが全て終わり、数日が経った。

まあそんなこんなで、ようやく普段の日常が戻ってきたかと思いきや、僕は三人の美少女たちに抱きつかれ、もみくちゃにされていた。

「ちょ、ちょっとみんな。……苦しいって」

「ケイ。もう二度と……あんな危ない真似しちゃダメだからね？」

「そだぞー刃物持った相手に飛び込んでいくとか、マジあぶないし」

「京くんには感謝してる。でも今後は無茶は控えるように」

カスタムリノベーションされた、３ＬＤＫのマンションの一室。見慣れたリビング。僕はいつものソファーに座らされ、周りを三人に囲まれている。

「それを言うなら、みんなだって危ないことしてたじゃないか。僕と連絡が繋がらないからって、六条と僕が鉢合わせしないように立ち向かおうとしてたんでしょ？」

刃物を持ってたのに。

「それについては……ごめん」

「うぐっ、メンゴ」

「反省してる」

あれからというもの、三人とも僕にべったりとくっついてくる。

学校でも、下校時でも、休日でさえもだ。そのせいもあってか、僕を見る周囲の目は以前と比べて少し変わった気がする。

事件直後はちょっぴり塞ぎ込んでいた千景とツーちゃんとさくらも、今はすっかり元気を取り戻していて、それがなによりも嬉しい。こうして和気藹々としていると、みんながあの事件を乗り越えたんだって実感できるから。

「僕もごめん。心配かけてごめんね」

その言葉を聞いて、千景とツーちゃんとさくらはさらに強く僕を抱きしめる。

「それはそうと……みんな、そろそろ離れてくれないかな……？」

「どうして？」

「リームー」

「もう少し」

「で、でも、ほら。なんか……色々当たってて……」

「当ててるんだよ。ケイはさ、いつまでそうやってとぼけるつもり？」

「おけいはんが恋愛より仕事優先なのはわかってるけどさー、アタシらがここまで態度で表してんだから、いい加減気づけし」

「というより、もう気付いてるはず」

「うぐ……」

好意を一切隠さなくなった千景とツーちゃんとさくらは、ある意味最強だ。

好きな相手には好きと伝える。それは当然のことで、とても健全なことだと思う。

「僕もさ、どうしたらいいかわからなくて……」

そう、健全じゃないのは僕だけだ。

「ちょっと長くなるけど、聞いてくれる？」

僕はこれまで自分の中で溜め込んでいたものを全て話した。

たった『一秒』で、言葉すら交わせなくなってしまった母さんとの別れ。

その時のショックで父さんが仕事を辞めてしまったこと。今は新しい会社に勤めているけど当時に比べて給料がかなり減ってしまったこと。

あかりは中二ながら達観していて、高校を卒業したら働いて家を支えると宣言しているということ。そんな妹を大学に行かせてあげたい、僕……の個人的な事情。

遺影の前で母さんに家族を守ると約束し、それを果たすためにバイトを続けてきたこと。

だから恋愛は二の次になってしまうこと。

それらを踏まえて、三人の好意にどう向き合うか悩んでいること。

他にも色々なことを、包み隠さず全て話した。

三人とも聞き上手で、僕の気持ちの整理を手伝おうとしてくれた。

本当に感謝以外の言葉が出てこない。

そしてひとしきり話し終えた後、さくらが口を開く。

「事情はわかった。わたしたちが想像していた以上に、京くんは色々と抱えている」

「抱え切れてないのが現状だけどね……」

「ならお互いに妥協案を模索するしかないと思う」

「妥協案？」

「京くんの今の立場を私なりに分析してみた。ちょっとヒドい言い方にはなってしまうけど、京くんはおそらく『ヒモ』という立場に該当する」

「……ひ、ヒモ？」

「そう。わたしは京くんを養いたい。千景も司も、たぶん同じ気持ち」

「うん。私、ケイのためならなんだってするよ。ホントに。なんでも……」

「アタシも、その、なんつーの？　おけいはんに尽くしまくりたい的な？」

「いや、でもさ。ヒモって……女の子からしたらどうなの？　やっぱり男なら働かないとダメでしょ？」

「ヒモが働いていないと思うのは大間違い。むしろ、ヒモは仕事ができる人が多い。常に雇い主のことを第一に考え、自分が何をすればその人が喜ぶのか、それを最大限に先読みして実行する。つまりは敏腕ビジネスマンとなんら遜色がない」

　お、おおぅ。

　ヒモを敏腕ビジネスマンに喩えるとか、発想がすごい。

「ぼ、僕がみんなのヒモになったとして……それって今の状況とどう違うの？」

「京くんはさっき家の事情で恋愛に踏み切れないと言った。その垣根を少し取り払う。わたしたちのヒモであると同時に、わたしたちにとっての『特別』な存在になってもらう」

「……んーっと、つまりは？」

「できる限りの範囲で、わたしたちの要望を叶えて欲しい。ヒモであるならそれくらいできて当然。もちろんわたしたちも京くんの力になる」

つまり今まで僕が、僕の事情で『拒否』していたことを、ケースバイケースで受け容れるということか。

みんながそれを望んでいるなら僕的には渡りに船。むしろ嬉しいくらいだけど……。

「今日から京くんには三つ編み級のヒモとして、わたしたちに尽くしてもらう」

「三つ編み？」

「ふふっ、三ツ星みたいだね？　ケイにぴったりな称号。良かったね」

「いや、その……称号がもらえるのは嬉しいけど」

「ヒモの語源は本当に紐からきているらしい。紐を三本編めば、それは三つ編み。絶対に断ち切れない関係」

「あ、それいいね。……一生ほどけないように、私たちもケイの想いに応えるね？」

「うぷぷっ、ちょーウケるんですケド。おけいはんは一生アタシらのヒモかぁ」

い、一生か。

逃げ道を塞がれた感が半端ないけど、でも、これもいい機会かもしれない。

みんながそこまで言ってくれるのなら、僕もいい加減覚悟を決めるべきなんだろう。

僕は三人の目を見ながらしっかりと頷く。

「全身全霊で頑張るよ。ふつつか者ですがよろしくお願いいたします」

「じゃあケイのヒモ祝いってことで、あれ渡しちゃう？」

「あれは京くんが頑張った証だから、お祝いとは無関係」

「まあなんでもいいんじゃに？　とりま渡しちゃおうぜ」

あれって何だろう。首を傾げる僕をよそに三人は無言で目配せをすると、千景が代表して何かを取りに行く。戻ってきた千景が手にしていたのは茶封筒だった。

「ケイ。お疲れ様」

「おけいはん、おつー」

「京くん。お疲れ様」

三人が口を揃えて言う。

「これは何？」

「まーいいから開けてみてよ」

千景から手渡された茶封筒はずしりと重くて、中には——うわ、わッわわ……！

見たことのない『大金』が入っている。お、帯付きの札束なんて初めて見た。

「ふふっ、どうしたの？　固まってるよ」

千景がからかうような口調で言う。

……そりゃ固まる。時給五〇〇〇円のバイトだと頭では理解していても、こうして本物の札束を目にすると嬉しさよりも驚きが先行してしまう……。

「これで正式なヒモの誕生。おめでとう」

「おめでとついでに、記念にキスとかしちゃう～？」

「いいね。ケイのファーストキス、奪っちゃおうか。てか、もう逃がさないけど？」

三人にがっしりと挟まれた僕はソファーに磔(はりつけ)状態。

「……あ、あのさ、今日はその、やめにしない？　お給料をもらった後にキスしたら、お金のためにキスするみたいでなんかやだなー……。なんて」

「「今さら？」」

おぉう。ハモった。

「お金は対価。キスは仕事の内。つまりはヒモの義務」

「こうでもしないと、ケイは私たちに手を出してくれないでしょ。むしろやっとだよ。やっとここまで来られたって感じ、かな？」

「それなそれな！　死にゲーのラスボスやっと倒せた的な？」

（ううう……）

三人からキスをせっつかれる僕。

（ああ、もう……！）

「こ、この……一回だけ。お仕事抜き」

「「「え？」」」

僕がそう告げると、三人は目をぱちくりとさせる。

「みんなのファーストキスをお仕事だとか……お金のためだとか、そんなんで済ませたくない」

僕はそう、ハッキリと自分の考えを吐露した。

すると三者三様の反応が返ってくる。

「ケイ……好き。スキ。大好き。あーもう……愛してる」

「にひひ。おけいはん、ちょーウケるんですケド。それってアタシらのことが好きってことじゃん」

「京（けい）くんらしい答えだと思う」

ああ。僕……また、変なこと言っちゃったかも。でも、この後のことを想像して頭を抱えるのはもうやめにしよう。後悔しない人生を。僕はそう決めたんだ。

「ね、誰が一番最初にケイにキスする？」

「んー、それはちと考えてなかった」

「三人同時にすれば全員京くんのファーストキスの相手になれる。わたしはそれでいい」

「あー、それスコ！　やっぱ桜子(さくらこ)って天才じゃね？」

「だね。じゃ、じゃあ……せーのでいくよ？」

いやいやいやいや、ちょっと待って、その展開は予想してないって！

そんな僕の心の呟(つぶや)きは届かず、三人は並んで僕の正面に立つ。そしてお互いにアイコンタクトを交わした後、せーので唇を突き出して近づいてくる。

三方から迫る美少女たちの唇に、僕は戸惑いながらも唇を重ね……。

「ン……これ、すごくいいかも。てか、司と桜子の唇も当たってるんだけど？」

「まぁいいんじゃね？　アタシららしくてさ……。てか、これけっこー恥ずいね」

「これを経験しとけばちょっとやそっとのキスじゃ動じなくなる。でも、なんかムズムズする」

「うん。私……今、すごく興奮してる」

多分、僕が一番興奮してる……。入学式で一目見たときから憧れの存在だったあの『校内三大美女』とキスをしているのだと思うと、全身が沸騰しそうなほど熱くなる。

さっきから、頭がクラクラして、まるで熱でもあるみたいだ。

ちゅ……ちゅっ……ちゅぅっ……

甘い。熱い。柔らかい。吐息。音。水音。いい匂い。女の子の唇。弾力。息遣い。三者三様の反応。味。唾液。鼓動。脳細胞が溶けそう。くらくら。無我夢中。紅潮。幸せ。はじめて。気持ち良い。痺れ。夢うつつ。ちゅぅ。ぐにゅ。あ。これ、無理かも。

ぶしゅうううううううううッ‼

「け、ケイ！ 大丈夫⁉」

「おけいはんしっかりシろし」

「二人とも、とりあえず止血を」

意識を失う直前に視界に映ったのはマンガのワンシーンのように盛大に噴き出す僕の鼻血と、心配そうな三人の顔だった。

＊＊＊

——随分と長い『回想』になってしまったけど、僕がみんなのヒモになった経緯はだいたいこんな感じだ。

試用期間という名の試練を乗り越えた僕は、バイトをクビになることもなく無事に雇用

契約を勝ち取り、正式なバイト（ヒモ）として迎えてもらえる運びとなった。

ヒモ生活は順調というか、なんというか……刺激的すぎて、頭がおかしくなりそうというか。

左耳から脳髄までしびれてしまいそうな千景のあまくて熱っぽい吐息。

後ろから絹ごし豆腐のような両腕を回して抱きついてくるツーちゃん。

そして右腕にはさくらのたわわに実ったメロンが押し当てられている。

「ね、ケイ。今日はどこまでいっちゃおっか？　昨日より凄いことしてみる？」

「にひひ。洗いっことか……いいんじゃね？　泡々のヌルヌルでぇ、ぐへへへへ」

「それだとオトナのお店と変わらない。むしろ、もっとすごいことをするべき」

……も、もっとって。

もっと、って。

勝手知ったる３ＬＤＫのマンションの一室に、僕の情けない声が響いた。

「これ以上どんなことをする気なのさあああああああ！」

京坂京。十六歳。

校内三大美女のヒモしてます。

あとがき

はじめまして、暁貴々（あかつききき）です。お世話になっております、暁貴々です。

のっけから告白をしますと、カクヨムで本書の打診をいただく三ヶ月前まで、【ラブコメ】なるジャンルを一切書いたことがなく、ほぼファンタジー専門の物書きでした。

（現在進行形で美少女ゲームの運営に携わっているので、イチャラブのシナリオを書かせていただくことはあるのですが、ライトノベルはまったくの別物！）

なので、三人の美少女から好意を寄せられ、しかもマネーのお世話もしてもらえるという、なんともファンタジーなラブコメに手を出してしまいました。

現実では九十九パーセントないシチュエーションだと思いますので、複数の女性と関係を持とうと夢見ている読者諸兄姉におかれましては、早まらず、幻想は幻想のまま留（とど）めておくことを強くお勧めいたします。

ヒモはパートナーとの合意次第ですよね？　はい。

さて。デビュー作ということで、早めに謝辞をば。

担当の林さん。九割近くの改稿地獄に付き合ってくださり、ありがとうございます。ウェブから拾い上げていただいたご恩にできる限り報いたいと思っておりますので、今後ともよろしくお願いいたします。また飲みに行きましょう！

イラストを担当してくださった、おりょう様。カバーイラストの司が好みどんぴしゃすぎて、ラフの段階でニヨニヨしてました。素敵なイラストありがとうございます。

そしてそして、読者の皆様。

本書を手に取っていただき、まことにありがとうございます。どのような表現でこの気持ちを表せばよいのか、しっくり来る言葉がなかなか見つかりませんが、心より未曽有の感謝を。この作品の感想をカクヨムでコメントしてくださった皆様にも、最大級の感謝を。ウェブ版から応援してくださされば全て返信いたしますので、お気軽にお寄せくださいませ。

貴方の心の片隅に、京や千景や司や桜子やあかりが少しでも長く生き続けることを、切に願っております。

最後に。このあとがきという場をお借りして、天国にいる愛する弟へ。
ライトノベル作家になったぞ、大貴。ありがとうな。

ではでは、二巻を出せると信じつつ、筆を擱かせていただきます。
二〇二四年も、もう半分過ぎましたが、皆さまと皆さまの大切な方々が、楽しく健やかに過ごせますように。

暁貴々

お便りはこちらまで

〒一〇二-八一七七

ファンタジア文庫編集部気付

暁貴々（様）宛

おりょう（様）宛

校内三大美女のヒモしてます

令和6年6月20日　初版発行

著者――暁　貴々

発行者――山下直久

発　行――株式会社KADOKAWA
〒102-8177
東京都千代田区富士見2-13-3
0570-002-301（ナビダイヤル）

印刷所――株式会社暁印刷

製本所――本間製本株式会社

※定価はカバーに表示してあります。
●お問い合わせ
https://www.kadokawa.co.jp/（「お問い合わせ」へお進みください）
※内容によっては、お答えできない場合があります。
※サポートは日本国内のみとさせていただきます。
※Japanese text only

ISBN978-4-04-075492-5 C0193

親の再婚で、俺の家族になった晶。美少年だけど人見知りな晶のために、いつも一緒に遊んであげたら、めちゃくちゃ懐かれてしまい!?　「兄貴、僕のこと好き?」そして、彼女が『妹』だとわかったとき……「兄妹」から「恋人」を目指す、晶のアプローチが始まる!?

白井ムク

イラスト：千種みのり

ファンタジア文庫

僕、兄貴のことすっごく好きだよ！
シリーズ
重版続々
大ヒット
発売中!!